FOLIO POLICIER

Boileau-Narcejac

Celle qui n'était plus
(Les diaboliques)

Denoël

Le roman qui a inspiré
le célèbre film de H.-G. Clouzot.

1

— Fernand, je t'en supplie, cesse de marcher!

Ravinel s'arrêta devant la fenêtre, écarta le rideau. Le brouillard s'épaississait. Il était jaune autour des lampadaires qui éclairaient le quai, verdâtre sous les becs de gaz de la rue. Parfois, il se gonflait en volutes, en fumées lourdes et, parfois, il se changeait en poussière d'eau, en pluie très fine dont les gouttes brillaient, suspendues. Le château avant du *Smoelen* apparaissait confusément, dans des trous de brume, avec ses hublots éclairés. Quand Ravinel restait immobile, on ntendait, par bouffées, la musique d'un phonographe. On savait que c'était un phonographe, car chaque morceau durait trois minutes environ. Il y avait un silence très bref. Le temps de retourner le disque. Et la musique recommençait. Elle venait du cargo.

— Dangereux! observa Ravinel. Suppose que quelqu'un du bateau voie Mireille entrer ici!

— Penses-tu! fit Lucienne. Elle va s'entourer de tant de précautions... Et puis, des étrangers! Qu'est-ce qu'ils pourraient raconter?

D'un revers de manche, il essuya la vitre que sa respiration couvrait de buée. Son regard, passant au-dessus de la grille du minuscule jardinet, découvrait, à gauche, un pointillé de lumières pâles et d'étranges constellations de feux rouges et verts, les uns, semblables à de petites roues dentelées, comme des flammes de cierges au fond d'une église, les autres, presque phosphorescents comme des lucioles. Ravinel reconnaissait sans peine la courbe du quai de la Fosse, le sémaphore de l'ancienne gare de la Bourse et le fanal du passage à niveau, la lanterne suspendue aux chaînes qui interdisent, la nuit, l'accès au pont transbordeur, et les feux de position du *Cantal*, du *Cassard* et du *Smoelen*. A droite, commençait le quai Ernest-Renaud. La lueur d'un bec de gaz tombait en reflets blêmes sur des rails, découvrait du pavé mouillé. A bord du *Smoelen*, le phono jouait des valses viennoises.

— Elle prendra peut-être un taxi, tout au moins jusqu'au coin de la rue, dit Lucienne.

Ravinel lâcha le rideau, se retourna.

— Elle est trop économe, murmura-t-il.

De nouveau, le silence. Ravinel recommença de déambuler. Onze pas de la fenêtre à la porte. Lucienne se limait les ongles et, de temps en temps, levait sa main vers le plafonnier, la faisant tourner lentement comme un objet de prix. Elle avait gardé son manteau, mais avait insisté pour qu'il prît, lui, sa robe de chambre, enlevât son col et sa cravate, enfilât ses pantoufles. « Tu viens de rentrer. Tu es fatigué. Tu te mets à l'aise avant de manger... Tu comprends? »

Il comprenait parfaitement. Et même, il comprenait trop bien, avec une espèce de lucidité désespérée. Lucienne avait tout prévu. Comme il s'apprêtait à sortir une nappe du buffet, elle l'avait rabroué, de sa voix rauque, habituée à commander.

— Non, pas de nappe. Tu arrives. Tu es seul. Tu manges sur la toile cirée, rapidement.

Elle avait elle-même disposé son couvert : la tranche de jambon, dans son papier, était jetée négligemment entre la bouteille de vin et la carafe. L'orange était posée sur la boîte de camembert.

« Une jolie nature morte », avait-il pensé. Et il était resté, un long moment, glacé, incapable de faire un mouvement, les mains pleines de sueur.

— Il manque quelque chose, avait remarqué Lucienne. Voyons! Tu te déshabilles... Tu vas manger... tout seul... Tu n'as pas la radio... J'y suis! Tu jettes un coup d'œil sur tes commandes de la journée. C'est normal!

— Mais je t'assure...

— Passe-moi ta serviette!

Elle avait éparpillé, sur un coin de la table, les feuilles dactylographiées dont l'en-tête représentait une ligne à lancer et une épuisette, croisées comme des fleurets. *Maison Blache et Lehuédé — 45, boulevard de Magenta — Paris.*

Il était à ce moment-là neuf heures vingt. Ravinel aurait pu dire minute par minute tout ce qu'ils avaient fait depuis huit heures. D'abord, ils avaient inspecté la salle de bains, s'étaient assurés que tout fonctionnait bien, que rien ne risquait de clocher au dernier moment. Fernand aurait même voulu remplir tout de suite la baignoire. Mais Lucienne s'y était opposée.

— Réfléchis donc. Elle va vouloir tout visiter. Elle se demandera pourquoi cette eau...

Ils avaient failli se disputer. Lucienne était de mauvaise humeur. En dépit de tout son sang-froid, on la sentait tendue, inquiète.

— On dirait que tu ne la connais pas... Depuis cinq ans, mon pauvre Fernand.

Mais, justement, il n'était pas si sûr que cela de la connaître. Une femme! On la rencontre à l'heure des repas. On couche avec elle. On l'emmène au cinéma, le dimanche. On économise pour acheter un petit pavillon, en banlieue. Bonjour Fernand! Bonsoir Mireille! Elle a des lèvres fraîches et de minuscules taches de rousseur, au coin du nez. On ne les voit qu'en l'embrassant. Elle ne pèse pas bien lourd dans les bras, Mireille. Maigrichonne, mais robuste, nerveuse. Une gentille petite femme, insignifiante. Pourquoi l'a-t-il épousée? Est-ce qu'on sait pourquoi on se marie? L'âge qui vient. On a trente-trois ans. On est las des hôtels, des gargotes et des prix fixes. Ce n'est pas drôle d'être représentant de commerce. Quatre jours sur la route. On est content de retrouver, le samedi, la petite maison d'Enghien, et Mireille, souriante, qui fait de la couture dans la cuisine.

Onze pas de la porte à la fenêtre. Les hublots du *Smoelen*, trois disques dorés, qui descendaient peu à peu, parce que la marée baissait. Venant de Chantenay, un train de marchandises défila lentement. Les roues grinçaient sur un contre-rail, les toits des wagons glissaient d'un mouvement doux, passaient sous le sémaphore, dans un halo de pluie. Un vieux wagon allemand, à vigie, s'éloigna le dernier, un feu rouge accroché au-dessus des tampons. La musique du phonographe redevint perceptible.

A neuf heures moins le quart, ils avaient bu un petit verre de cognac, pour se redonner du courage. Ravinel, ensuite, s'était déchaussé, avait endossé sa vieille robe de chambre, trouée sur le devant par des étincelles tombées de sa pipe. Lucienne avait mis la table. Ils n'avaient plus rien trouvé à se dire. La micheline de Rennes était passée à neuf heures seize, faisant courir au plafond de la salle à manger un chapelet de lumières, et l'on avait entendu, longtemps, le martèlement clair de ses roues.

Le train de Paris n'arrivait qu'à dix heures trente et une. Encore une heure! Lucienne manœuvrait sa lime sans bruit. Le réveil, sur la cheminée, battait précipitamment et, parfois son rythme se déréglait, la mécanique semblait faire un faux pas, puis le battement reprenait, avec une sonorité un peu différente. Leurs yeux se levaient, se rencontraient. Ravinel sortait les mains de ses poches, les nouait derrière son dos, continuait à marcher, emportant l'image d'une Lucienne inconnue, aux traits figés, au front lourd. Ils étaient en train de commettre une folie. Une folie!... Et si la lettre de Lucienne n'avait pas été distribuée!... Si Mireille était souffrante... Si...

Ravinel se laissa tomber sur une chaise, près de Lucienne.

— Je n'en peux plus.

— Tu as peur?

Tout de suite, il se rebiffa.

— Peur! Peur! Pas plus que toi.

— Je le souhaiterais.

— C'est seulement cette attente. Ça me fiche la fièvre.

Elle palpa son poignet, de sa main dure, experte, fit la moue.

— Qu'est-ce que je te disais, reprit-il. Tu vois que je tombe malade. On serait frais.

— Il est encore temps, dit Lucienne.

Elle se leva, boutonna lentement son manteau, donna un coup de peigne négligent à ses cheveux bruns, bouclés, coupés court sur la nuque.

— Qu'est-ce que tu fais? balbutia Ravinel.

— Je pars.

— Non!

— Alors, un peu plus de nerfs... Qu'est-ce que tu crains?

L'éternelle discussion allait recommencer. Ah! Il les connaissait par cœur, les arguments de Lucienne. Il les avait retournés, étudiés un à un, pendant des jours et des jours. Avait-il assez hésité, avant de sauter le pas! Il revoyait encore Mireille, dans la cuisine. Elle repassait et, de temps en temps, elle allait tourner une sauce, dans une casserole. Comme il avait bien su mentir! Presque sans effort.

« J'ai rencontré Gradère, un ancien camarade de régiment. Je t'ai déjà parlé de lui, non?... Il est dans les assurances. Il paraît qu'il gagne gros. »

Mireille repassait un caleçon. La pointe brillante du fer s'insinuait délicatement entre les boutons, laissant derrière elle comme une piste toute blanche, d'où montait une légère vapeur.

« Il m'a longuement fait l'article pour une assurance sur la vie... Oh! Je t'avoue que, au début, j'étais plutôt sceptique... Je les connais, tu penses. Ils songent d'abord à leur commission. C'est naturel!... Mais, tout de même, à la réflexion... »

Elle posait le fer sur son support, débranchait la prise de courant.

« Dans ma profession, pas de retraite pour les

veuves. Or, je circule pas mal et par tous les temps...
Un accident est vite arrivé... Qu'est-ce que tu
deviendrais? Nous n'avons pas d'argent... Gradère
m'a établi un projet... La prime n'est pas énorme,
et les avantages sont réellement intéressants... Si je
venais à disparaître... Dame! On ne sait pas qui
vit et qui meurt... tu toucherais douze millions. »

Ça oui. C'était une preuve d'amour. Mireille en
avait été bouleversée. « Comme tu es bon, Fernand! »

Restait maintenant la partie difficile : faire signer
à Mireille une police analogue, à son profit, à lui.
Mais comment aborder ce sujet délicat?

Et c'était la pauvre Mireille elle-même qui, une
semaine plus tard, spontanément, avait proposé...

« Chéri! Je veux souscrire une assurance, moi
aussi... On ne sait pas qui vit et qui meurt, comme
tu dis... Et tu te vois, tout seul, sans domestique,
sans personne! »

Il avait protesté. Juste ce qu'il fallait. Et elle
avait signé. Il y avait de cela un peu plus de deux
ans.

Deux ans! Le délai exigé par les compagnies pour
garantir le décès par suicide. Car Lucienne n'avait
rien laissé au hasard. Qui sait à quelle conclusion
risqueraient d'aboutir les enquêteurs? Or, il ne fallait
pas que l'Assurance pût se retrancher...

Tous les autres détails avaient été aussi soigneusement mis au point. En deux ans, on a le temps
de réfléchir, de peser le pour et le contre. Non. Il
n'y avait rien à craindre.

Dix heures.

Ravinel se leva à son tour, rejoignit Lucienne,
devant la fenêtre. La rue était vide, luisante. Il
glissa une main sous le bras de sa maîtresse.

— C'est plus fort que moi. C'est nerveux. Quand je pense...

— Ne pense pas.

Ils restèrent l'un près de l'autre, immobiles, l'énorme silence de la maison sur leurs épaules et, derrière eux, le battement fébrile du réveil. Les hublots du *Smoelen* flottaient comme des lunes blanchâtres, de plus en plus pâles. Le brouillard s'épaississait encore. La musique du phono devenait floue à son tour, ressemblait au nasillement d'un téléphone. Ravinel finissait par ne plus savoir s'il était vivant. Quand il était petit, c'est ainsi qu'il se représentait les limbes : une longue attente, dans la brume. Une longue attente terrorisée. Il fermait les yeux et, toujours, il avait l'impression de tomber. C'était vertigineux, terrible, et pourtant assez agréable. Sa mère le secouait : « Qu'est-ce que tu fais, imbécile?

— Je joue. »

Il rouvrait les yeux, étourdi, hagard. Il se sentait vaguement coupable. Plus tard, au moment de sa première communion, quand l'abbé Jousseaume l'avait questionné : « Pas de mauvaises pensées?... de gestes contre la pureté?... », il avait tout de suite pensé au jeu du brouillard. Oui, c'était certainement quelque chose d'impur, de défendu. Et pourtant, il n'avait jamais renoncé. Le jeu s'était même perfectionné par la suite. Ravinel avait le sentiment de devenir invisible, de s'évaporer comme un nuage. Le jour où on avait enterré son père, par exemple... Il y avait, ce jour-là, un vrai brouillard, si dense que le corbillard ressemblait à une épave coulant sans secousse à travers des épaisseurs gluantes... On vivait déjà dans un autre monde... Ce n'était ni triste ni gai... Une grande paix... L'autre côté d'une frontière interdite.

— Dix heures vingt.

— Quoi?

Ravinel se retrouva dans une pièce mal éclairée, pauvrement meublée, auprès d'une femme en manteau noir, qui tirait une fiole de sa poche. Lucienne! Mireille! Il respira profondément et se remit à vivre.

— Allons! Fernand! Secoue-toi. Débouche la carafe, tiens.

Elle lui parlait comme à un gosse. C'était pour cela qu'il l'aimait, la doctoresse Lucienne Mogard. Encore une pensée bizarre, déplacée. La doctoresse était sa maîtresse! Il y avait des moments où cela lui semblait à peine croyable, presque monstrueux. Lucienne vida le contenu de la fiole dans la carafe, secoua un peu le mélange.

— Sens toi-même. Aucune odeur.

Ravinel flaira la carafe. Exact. Aucune odeur. Il interrogea :

— Tu es sûre que la dose n'est pas trop forte?

Lucienne haussa les épaules.

— Si elle buvait toute l'eau, je ne dis pas. Et encore. Mais elle se contentera d'un verre ou deux. Tu penses que je connais les effets!... Elle s'endormira tout de suite, tu peux me croire.

— Et... en cas d'autopsie, on ne trouvera aucune trace de...

— Il ne s'agit pas d'un poison, mon pauvre Fernand. Mais d'un soporifique. Il est tout de suite digéré...

« Mets-toi à table. Tiens! »

— On pourrait peut-être attendre encore un peu.

Ils regardèrent ensemble le réveil. Dix heures

vingt-cinq. Le train de Paris devait traverser le triage du grand Blottereau. Dans cinq minutes, il s'arrêterait en gare de Nantes-P.O. Mireille marcherait vite. Il ne lui faudrait pas plus de vingt minutes. Un peu moins si elle prenait le tram jusqu'à la place du Commerce.

Ravinel s'assit, déplia le papier entourant le jambon. Il eut un haut-le-cœur, devant cette viande d'un rose malade. Lucienne versa du vin dans son verre, puis donna un dernier coup d'œil autour d'elle, parut satisfaite.

— Je te laisse... Il est temps... Ne t'affole pas; sois naturel et, tu verras, tout ira bien.

Elle posa ses mains sur les épaules de Ravinel, effleura son front d'un rapide baiser, le regarda encore une fois avant d'ouvrir la porte. Résolument, il coupa un morceau de jambon et se mit à le mâcher. Il n'entendit pas sortir Lucienne, mais sut, à une certaine qualité du silence, qu'il était seul, et l'angoisse commença. Ravinel avait beau imiter ses gestes de tous les jours, émietter son pain, battre une marche sur la toile cirée, avec la pointe de son couteau, regarder distraitement les feuilles dactylographiées :

Moulinets *Luxor* (10) . . . . 30 000 fr.
Bottes, *modèle « Sologne »* (20 paires). . . 31 500 fr.
Cannes « *Flexor* » *lancer lourd* (6) . . . . 22 300 fr.

il était incapable d'avaler une bouchée. Un train siffla, au loin, peut-être du côté de Chantenay. Peut-être vers le pont de la Vendée. Impossible de se rendre compte, avec ce brouillard. Fuir? Lucienne devait être postée quelque part, sur le quai. Il était trop tard. Rien ne pouvait plus sauver Mireille. **Et tout** cela pour deux millions! Tout cela pour satisfaire l'ambition de Lucienne qui voulait s'installer à son compte, à Antibes. Les plans de l'installation étaient prêts. Elle avait un cerveau de businessman, semblable à un fichier ultra-perfectionné. Tous ses projets étaient rangés impeccablement dans sa tête. Il n'y avait jamais la moindre erreur. Elle fermait les yeux à demi, murmurait : « Attention! Ne confondons pas! » et le clavier fonctionnait, les déclics jouaient, la réponse surgissait, complète, précise. Alors que lui... Il s'embrouillait dans ses comptes, devait passer des heures à classer, à trier ses papiers, ne sachant plus qui avait commandé des cartouches, qui avait réclamé des bambous japonais. Il était las de ce métier. Tandis qu'à Antibes...

Ravinel contemplait la carafe brillante à travers laquelle sa tranche de pain se déformait, évoquait une éponge... Antibes! Un magasin chic... En vitrine, des fusils à air comprimé pour la chasse sous-marine, des lunettes, des masques, des scaphandres légers... Une clientèle d'amateurs riches... La mer en face, le soleil... Rien que des pensées légères, faciles, dont on ne peut rougir. Finis, les brouillards de la Loire, de la Vilaine... Fini, le jeu du brouillard! Un autre homme. Lucienne l'avait promis. L'avenir apparaissait dans la boule de cristal. Ravinel se voyait en pantalon de flanelle et chemise Lacoste. Il était bronzé. Il attirait les regards...

Le train siffla, presque sous la fenêtre, et Ravinel se frotta les yeux, alla soulever le coin du rideau. C'était bien le *Paris-Quimper*, qui se dirigeait vers Redon, après un arrêt de cinq minutes. Mireille avait voyagé dans l'un de ces wagons illuminés, qui faisaient courir sur la chaussée une file de grands rectangles clairs. Il y avait des compartiments vides, avec des dentelles, des glaces, des photos au-dessus des banquettes. Il y avait des compartiments pleins de marins qui mangeaient. Les images se succédaient à peine réelles, sans rapport avec Mireille. Dans le dernier compartiment, un homme dormait, un journal plié sur la tête. Le fourgon de queue disparut et Ravinel s'aperçut que la musique s'était tue, à bord du *Smoelen*. On ne voyait plus les hublots. Mireille était seule, pas très loin sans doute, dans la rue déserte, marchant vite sur ses talons pointus. Peut-être avait-elle un revolver dans son sac, le revolver qu'il lui laissait quand il partait en tournée? Mais elle ne savait pas s'en servir. Et elle n'aurait aucune raison de s'en servir. Ravinel saisit la carafe par le col, l'éleva dans la lumière. L'eau était limpide; la drogue n'avait laissé aucun dépôt. Il mouilla son doigt, le posa sur sa langue. L'eau avait un vague petit goût. Mais si léger! Il fallait être prévenu...

Dix heures quarante.

Ravinel se força à manger quelques bouchées de jambon. Il n'osait plus bouger, maintenant. Mireille devait le surprendre ainsi, dînant sur le coin de la table, seul, morose, fatigué.

Et soudain, il l'entendit marcher sur le trottoir. Impossible de s'y tromper. Son pas était presque imperceptible. Pourtant, il l'aurait reconnu entre mille autres : un pas sautillant, saccadé, entravé par la jupe étroite du tailleur. Ce fut à peine si la grille grinça. Puis, le silence. Mireille traversait le jardinet sur la pointe des pieds, tournait la poignée de la porte. Ravinel en oubliait de manger. Il reprit du jambon. Malgré lui, il se tenait un peu de travers sur sa chaise.

Il avait peur de la porte, derrière son dos. Mireille se tenait certainement tout contre le battant, l'oreille près du bois, épiant. Ravinel toussota, fit tinter le goulot de la bouteille de vin contre le bord de son verre, froissa les feuilles de papier. Si elle s'attendait à surprendre un bruit de baisers...

Elle ouvrit la porte avec force. Il se retourna.

— Toi?

Dans son tailleur bleu marine, sous son manteau de voyage grand ouvert, elle était mince comme un garçonnet. Elle tenait sous son bras son grand sac noir marqué de ses deux initiales : M. R., et elle tordait ses gants entre ses doigts maigres. Elle ne regardait pas son mari, mais le buffet, les chaises, la fenêtre fermée, puis le couvert, l'orange en équilibre sur la boîte de fromage, la carafe. Elle fit deux pas, releva sa voilette où des gouttes d'eau restaient prises, comme dans une toile d'araignée.

— Où est-elle? Tu vas me dire où elle est?

Ravinel se levait lentement, l'air ahuri.

— Qui ça?

— Cette femme... Je sais tout... Ce n'est pas la peine de mentir.

Machinalement, il avançait sa chaise et, le dos un peu voûté, une ride de stupeur au front, les mains ballantes, paumes en dehors, il s'entendait dire :

— Ma petite Mireille... Mais qu'est-ce que tu as? Qu'est-ce que tout cela signifie?

Alors, elle s'abattit sur la chaise et, le visage dans son bras replié, ses cheveux blonds débordant sur l'assiette de jambon, elle se mit à sangloter. Et Ravinel pris de court, sincèrement bouleversé, lui donnait de petites tapes sur l'épaule.

— Eh bien, eh bien,... Calme-toi, voyons! Qu'est-ce

que c'est que cette histoire de femme? Tu croyais que je te trompais... Mon pauvre petit! Allons, viens voir... Si! Si! J'y tiens. Tu m'expliqueras après.

Il la soulevait, la soutenait par la taille, l'entraînait à petits pas, tandis qu'elle pleurait contre sa poitrine

— Regarde bien partout. N'aie pas peur.

Du pied, il poussa la porte de la chambre, tâtonna pour trouver le commutateur. Il parlait fort, avec une espèce de grosse amitié bourrue.

— Tu reconnais la pièce, hein?... Juste le lit et l'armoire... Personne sous le lit et personne dans l'armoire... Sens!... Renifle un bon coup... plus fort... Oui, ça sent la pipe, parce que je fume avant de m'endormir... Mais pour découvrir une trace de parfum, tu peux y aller... A la salle de bains, maintenant... Et à la cuisine, si, j'y tiens...

Il ouvrit, par jeu, le garde-manger. Mireille se tamponnait les yeux, commençait à sourire à travers ses larmes. Il lui fit faire demi-tour, chuchotant tout près de son oreille.

— Alors, convaincue?... Petite fille! Ça ne me déplaît pas, au fond, que tu sois jalouse... Mais faire un pareil voyage. En novembre! On t'a donc raconté des horreurs?

Ils étaient revenus dans la salle à manger.

— Bon sang! Nous oublions le garage!

— Tu as tort de plaisanter, balbutia Mireille.

Et, de nouveau, elle faillit fondre en larmes.

— Allons! Viens me raconter ce grand drame... Tiens, prends le fauteuil pendant que je branche le radiateur... Pas trop fatiguée?... Je vois bien que tu es claquée, va!... Mets-toi à l'aise, au moins.

Il approcha le radiateur des jambes de sa femme,

la débarrassa de son chapeau et s'assit sur le bras du fauteuil.

— Une lettre anonyme, hein?

— S'il ne s'était agi que d'une lettre anonyme!... C'est Lucienne qui m'a écrit.

— Lucienne!.. Tu as cette lettre?

— Tu penses.

Elle ouvrit son sac, en tira une enveloppe. Il la lui arracha des mains.

— C'est bien son écriture. Ça, par exemple!

— Oh! Elle ne s'est pas gênée pour signer.

Il feignit de lire. Il les connaissait par cœur, ces trois pages que Lucienne avait écrites, l'avant-veille, devant lui : ...*une dactylo du Crédit Lyonnais, une rousse, toute jeune, qu'il reçoit chaque soir. J'ai long-temps hésité à vous prévenir, mais...*

Ravinel marchait de droite et de gauche, en remuant les poings.

— C'est inimaginable! Il faut que Lucienne soit devenue subitement folle...

Il glissa la lettre dans sa poche, d'un geste qui voulait paraître machinal, consulta le réveil.

— Il est évidemment un peu tard... Et puis, un mercredi, elle doit être à l'hôpital... Dommage! Nous aurions immédiatement tiré cette histoire au clair... En tout cas, elle ne perdra rien pour attendre.

Il s'arrêta brusquement, écarta largement les bras en signe d'incompréhension.

— Une femme qui se dit notre amie... Que nous considérons comme de la famille... Pourquoi?... Pourquoi?...

Il se versa un verre de vin, l'avala d'un trait.

— Veux-tu manger un morceau? Ce n'est tout de même pas une raison parce que Lucienne...

— Non, merci.

— Un peu de vin, alors?

— Non. Simplement un grand verre d'eau.

— Comme tu voudras.

Il prit la carafe, sans trembler, emplit le verre, le posa près de Mireille.

— Et si quelqu'un avait imité son écriture, sa signature.

— Allons donc! Je la connais trop bien... Et ce papier! Enfin, la lettre a bien été expédiée d'ici. Vois le cachet de la poste : *Nantes*... Elle a été mise hier. Je l'ai reçue au courrier de quatre heures. Non! Quel coup!

Elle passa son mouchoir sur ses joues, tendit la main vers le verre.

— Ah! Je n'ai fait ni une ni deux.

— Je te reconnais bien là.

Ravinel lui caressa les cheveux, doucement.

— Au fond, Lucienne est peut-être tout simplement jalouse, murmura-t-il. Elle voit que nous sommes très unis... Il y a des gens qui ne peuvent pas supporter le bonheur des autres. Après tout, est-ce que nous savons ce qu'elle pense?... Elle t'a admirablement soignée, il y a trois ans... Oh! ça, elle a été dévouée. On peut même dire qu'elle t'a sauvée... Hein! Parce que tu semblais bien fichue... Mais enfin, c'est son métier de sauver les gens... Et puis, elle peut simplement avoir eu la main heureuse. Toutes les typhoïdes ne sont pas mortelles.

— Oui, mais, rappelle-toi comme elle a été gentille... Jusqu'à me faire ramener à Paris dans l'ambulance de l'hôpital.

— D'accord! Mais qui te dit qu'elle ne songeait pas, dès ce moment-là, à se mettre entre nous?...

Car enfin, maintenant que j'y pense... Elle m'a fait des avances. Je m'étonnais de la rencontrer si souvent... Dis donc, Mireille. Et si elle était amoureuse de moi?

Pour la première fois, le visage de Mireille s'éclaira.

— Toi? dit-elle. Un vieux bonhomme! Qu'est-ce que tu vas chercher?

Elle but à petites gorgées, repoussa son verre vide et, voyant Ravinel tout pâle et les yeux brillants, elle ajouta, cherchant sa main :

— Ne te fâche pas, chéri! Je dis ça pour te faire enrager... C'est bien mon tour!

II

— Tu n'as pas été raconter à ton frère, surtout...

— Penses-tu! J'aurais eu trop honte... Et puis, je n'ai eu que le temps de filer à la gare.

— En somme, personne n'est au courant de ton voyage.

— Personne. Je n'ai pas de compte à rendre.

Ravinel tendit la main vers la carafe.

— Encore un peu d'eau?

Il emplit le verre, sans se presser puis ramassa les feuilles dactylographiées, éparses sur la table : *Maison Blache et Lehuédé*... Un moment, il demeura songeur.

— Je ne vois pourtant pas d'autre explication. Lucienne veut nous séparer... Rappelle-toi... Il y a juste un an, quand elle a fait ce stage, à Paris. Avoue qu'elle aurait pu trouver à se loger à l'hôpital ou à l'hôtel... Mais non. Il a fallu qu'elle s'installe chez nous.

— Si on ne l'avait pas invitée, après toutes les attentions qu'elle avait eues pour moi!

— Je ne dis pas. Mais pourquoi s'est-elle incrustée? Et, pour un peu, elle se serait mise à tout régenter. Tu finissais par lui obéir comme une domestique.

— Oh! Tu peux bien parler. Elle ne te faisait pas tourner en bourrique, peut-être?

— Ce n'est tout de même pas moi qui lui cuisinais des petits plats.

— Non. Mais tu lui tapais son courrier.

— C'est une fille bizarre, dit Ravinel. Qu'est-ce qu'elle pouvait espérer, en t'envoyant cette lettre? Elle devait bien penser que tu viendrais tout de suite... et elle savait que tu me trouverais seul. Alors? Sa duplicité éclatait instantanément.

Mireille parut ébranlée et Ravinel en ressentit un plaisir âpre. Qu'elle lui préférât Lucienne, c'est ce qu'il ne pouvait accepter.

— Pourquoi? murmura Mireille. Oui, pourquoi?... Elle est bonne pourtant.

— Bonne!... On voit bien que tu ne la connais pas.

« Mon pauvre petit! Moi qui l'ai vue à l'œuvre. Ici, dans son milieu. Mais tu n'as pas idée!... Ses infirmières, tiens! Si tu savais de quelle manière elle les traite! »

— Allons donc!

Elle voulut se lever, dut se cramponner au fauteuil, puis retomba et se passa le dos de la main sur le front.

— Qu'est-ce que tu as?

— Rien!... Un étourdissement.

— Te voilà bien avancée. Si tu tombes malade... En tout cas, ce n'est pas Lucienne qui te soignera.

Elle bâilla, releva ses cheveux d'un geste languissant.

— Aide-moi, veux-tu. Je vais m'étendre un peu. J'ai sommeil, tout d'un coup, mais sommeil!

Il la prit sous les bras. Elle faillit basculer en avant, s'accrocha au bord de la table.

— Ma pauvre enfant! Se mettre dans des états pareils!

Il l'entraîna vers la chambre. Les jambes de Mireille pliaient, devenaient molles. Ses pieds traînèrent sur le parquet, et elle perdit un de ses souliers. Ravinel, à bout de souffle, la laissa tomber sur le lit. Elle était livide et semblait respirer avec peine.

— Je crois que... j'ai eu tort...

Sa voix n'était qu'un chuchotement, mais ses yeux conservaient une petite flamme de vie.

— Ne devais-tu pas voir Germain ou Marthe, ces jours-ci? demanda Ravinel.

— Non... Pas avant la semaine prochaine.

Il ramena la couverture sur les jambes de sa femme. Les yeux de Mireille ne le quittaient plus, des yeux soudain angoissés, au fond desquels on devinait le travail obscur d'une pensée sur le point de défaillir.

— Fernand!

— Quoi encore?... Repose-toi donc.

— ... le verre...

Ce n'était plus la peine de mentir. Ravinel voulut s'écarter du lit. Les yeux le suivaient, implorants.

— Dors, cria-t-il.

Les paupières de Mireille battirent, une fois, deux fois. Il n'y avait plus qu'un minuscule point de clarté au centre des prunelles, puis cette lueur fut soufflée, et les yeux se fermèrent lentement. Ravinel se passa la main sur la figure, d'un geste brusque, comme un homme qui sent sur sa peau un fil d'araignée. Mireille ne bougeait plus. Entre ses lèvres fardées, apparaissait la ligne nacrée des dents.

Ravinel quitta la chambre, avança en tâtonnant dans le vestibule. La tête lui tournait un peu et il avait, collée sur la rétine, l'image des yeux de Mireille, une image jaune, tantôt brillante, tantôt floue, qui se posait partout devant lui, comme un papillon de cauchemar.

Il traversa le jardinet en trois enjambées, tira la grille que Mireille avait laissée entrouverte, et appela à mi-voix :

— Lucienne!

Elle sortit de l'ombre, aussitôt.

— Viens! dit-il. C'est fait.

Elle le précéda dans la maison.

— Occupe-toi de la baignoire.

Mais il la suivit dans la chambre, ramassa le soulier au passage, et le posa sur la cheminée, à laquelle il dut s'appuyer. Lucienne soulevait les paupières de Mireille, l'une après l'autre. On voyait le globe blanchâtre de l'œil, la prunelle inerte et comme peinte sur la sclérotique. Et Ravinel, fasciné, ne pouvait tourner la tête. Il sentait que chaque geste de Lucienne pénétrait dans sa mémoire, s'y imprimait comme un tatouage horrible. Il avait lu, dans des magazines, des reportages et des articles sur le sérum de vérité. Si la police... Il trembla, joignit les mains, puis, effrayé par ce geste de supplication, les mit derrière son dos. Lucienne guettait le pouls de Mireille attentivement. Ses longs doigts nerveux couraient le long du poignet blanc, comme une bête agile qui cherche l'artère, avant de piquer ou de mordre. Ils s'arrêtèrent, se réunirent. Lucienne, sans bouger, ordonna :

— La baignoire. Vite!

Elle avait pris sa voix de médecin, une voix un peu sèche, qui avait l'habitude d'énoncer des arrêts indiscutables, la voix qui rassurait Ravinel, quand il se plaignait de son cœur. Il se traîna jusqu'au cabinet de toilette, ouvrit le robinet, et l'eau crépita à grand bruit sur le fond de la baignoire. Craintivement, il le referma à demi.

— Eh bien, cria Lucienne, qu'est-ce qui ne va pas?

Et, comme Ravinel ne répondait pas, elle vint jusqu'au seuil.

— Le bruit, dit-il. On va la réveiller.

Elle ne se donna même pas la peine de répondre mais, en manière de défi, ouvrit tout grand le robinet d'eau froide, puis celui d'eau chaude. Après quoi, elle regagna la chambre. L'eau montait lentement dans la baignoire, une eau un peu verte, traversée de bulles, et une vapeur légère se formait, au-dessus de la surface, se condensait en gouttelettes bien rondes, serrées les unes contre les autres, sur les parois d'émail blanc, sur le mur, et jusque sur la tablette de verre du lavabo. La glace, voilée de brume, ne renvoyait à Ravinel qu'une silhouette brouillée, méconnaissable. Il tâta l'eau, comme s'il se fût agi d'un vrai bain et, tout à coup, se redressa, les tempes battantes. La vérité venait, une fois encore, de le frapper, car c'était bien un coup. Coup de poing et en même temps coup de lumière. Il comprenait ce qu'il était en train de faire et il tremblait des pieds à la tête... Heureusement, cette impression ne dura pas. Il cessa très vite de réaliser qu'il était coupable, lui, Ravinel. Mireille avait bu un somnifère. Une baignoire s'emplissait. Rien de tout cela ne ressemblait à un crime. Rien de tout cela n'était terrible. Il avait versé de l'eau dans un verre, porté sa femme jusqu'au lit... Gestes de tous les jours. Mireille mourrait, pour ainsi dire, par sa propre faute, comme d'une maladie contractée par imprudence. Il n'y avait pas de responsable. Personne ne la haïssait, cette pauvre Mireille. Elle était bien trop insignifiante... Et pourtant, quand Ravinel fut revenu dans la chambre... C'était une espèce de rêve absurde. Il ne savait plus très bien s'il ne rêvait pas... Non. Il ne rêvait pas... L'eau tombait dans la baignoire, lourdement. Le corps était toujours là-bas, sur le lit, et il y avait sur la cheminée un soulier de femme. Lucienne fouillait paisiblement dans le sac à main de Mireille.

— Voyons! fit Ravinel.

— Je cherche son billet, expliqua Lucienne. Suppose qu'elle ait pris un aller-retour. Il faut tout prévoir... Ma lettre? Tu la lui as reprise?

— Oui. Elle est dans ma poche.

—Brûle-la... Tout de suite. Tu serais capable d'oublier. Prends le cendrier, sur la table de nuit.

Ravinel enflamma le coin de l'enveloppe avec son briquet et ne lâcha la lettre qu'au moment où le feu lui lécha les doigts. Le papier se tordit dans le cendrier, se recroquevilla, bordé de dentelures rougeâtres qui bougeaient.

— Elle n'a parlé à personne de son voyage?

— A personne.

— Pas même à Germain?

— Non.

— Passe-moi son soulier.

Il prit le soulier sur la cheminée, et une sorte de sanglot lui gonfla la gorge.

Lucienne chaussa le pied de Mireille, adroitement.

— L'eau, dit-elle. Il doit y en avoir assez.

Ravinel marchait maintenant comme un somnambule. Il ferma les robinets, et le brusque silence l'étourdit. Il vit le reflet de son visage, que déformaient des vagues légères. Un crâne chauve, des sourcils épais, broussailleux, vaguement roux et une moustache en brosse sous le nez drôlement dessiné. Le visage d'un homme énergique, presque brutal. Un simple masque qui trompait les gens d'habitude, qui avait trompé Ravinel lui-même, pendant des années, mais qui n'avait pas abusé Lucienne une seconde.

— Dépêche-toi, lança-t-elle.

Il sursauta et revint près du lit. Lucienne avait soulevé le buste de Mireille, et s'efforçait de lui retirer son manteau. La tête de Mireille ballottait, se renversant sur une épaule, sur l'autre.

— Tiens-la!

Ravinel dut serrer les dents, tandis que Lucienne, avec précision, faisait glisser les manches du vêtement.

— Redresse-la!

Ravinel tenait sa femme contre lui, dans une sorte d'embrassement amoureux qui l'épouvanta. Il la reposa sur l'oreiller, s'essuya les mains, respira bruyamment. Lucienne pliait le manteau avec goût, l'emportait dans la salle à manger, où était resté le chapeau de Mireille. Ravinel dut s'asseoir. Le moment était venu. Impossible, maintenant, de penser : « Il est encore temps de s'arrêter, de changer d'avis! » Cette pensée, à plusieurs reprises, s'était présentée à lui, l'avait même soutenu. Il s'était dit que, peut-être, au dernier moment.. Il remettait toujours à plus tard, parce qu'un événement qu'on imagine conserve une fluidité rassurante. On a prise sur lui. Il n'est pas vrai. Cette fois, l'événement était là. Lucienne revint, tâta la main de Ravinel.

— Ça ne va pas, murmura-t-il... Pourtant, je fais ce que je peux.

— C'est moi qui vais la prendre aux épaules, dit-elle. Tu n'auras qu'à lui tenir les jambes.

Cela devenait une question d'amour-propre, presque de dignité. Ravinel se décida. Il referma les doigts sur les chevilles de Mireille Des phrases absurdes lui traversaient la tête : « Je t'assure que tu ne sentiras rien, ma pauvre Mireille... Tu vois... Je suis obligé... Je te jure pourtant que je ne te veux pas de mal... Moi aussi, je suis malade... Je claquerai un de ces jours... Une syncope cardiaque. » Il avait envie de pleurer. Lucienne, d'un coup de talon, poussa la porte de la salle de bains. Elle était forte comme un homme, et habituée à porter des malades.

— Appuie-la sur le bord... Là... Ça suffit... Laisse-moi faire.

Ravinel recula si précipitamment qu'il heurta de son coude la tablette, au-dessus du lavabo, et faillit casser le verre à dents. Lucienne poussa d'abord les jambes de Mireille, puis laissa glisser tout le corps, et des gouttes jaillirent, retombèrent sur le carrelage.

— Eh bien, dit Lucienne, dépêche-toi... Va chercher les chenets... Ceux de la salle à manger, oui.

Ravinel s'éloigna. « C'est fini... fini... Elle est morte. » Les mots lui battaient le crâne. Il n'arrivait plus à marcher droit, et il but un grand verre de vin, dans la salle à manger. Un train siffla, sous la fenêtre. L'omnibus de Rennes, sans doute... Il y avait un peu de suie, sur les chenets. Fallait-il les essuyer?... Mais personne ne saurait jamais.

Il rapporta les chenets, s'arrêta dans la chambre, n'osant plus avancer. Lucienne était penchée au-dessus de la baignoire, immobile. On ne voyait pas son bras gauche, qui demeurait plongé dans l'eau.

— Pose-les, commanda-t-elle.

Ravinel ne reconnut pas sa voix. Il abandonna les chenets sur le seuil de la salle de bains, et Lucienne se baissa, les saisit l'un après l'autre, de sa main libre. Malgré son trouble, elle ne faisait aucun geste inutile. Les chenets allaient maintenir, comme un lest, le cadavre au fond de l'eau. Ravinel, en quelques pas mous, gagna le lit, enfouit sa tête dans l'oreiller et laissa crever son chagrin. Devant ses yeux, les images se mêlaient, celles d'autrefois : Mireille visitant la petite maison d'Enghien : « Nous mettrons le poste dans la chambre, n'est-ce pas, chou? », Mireille battant des mains quand il avait acheté la Juvaquatre : « On pourrait y dormir, tu sais, elle est assez grande », et aussi d'autres images, un peu moins nettes : un bateau à moteur, à Antibes, un jardin plein de fleurs, un palmier...

Lucienne faisait couler l'eau dans le lavabo. Puis Ravinel entendit le tintement du flacon d'eau de Cologne. Elle se nettoyait les mains, les bras, méthodiquement, comme après une opération. Elle avait tout de même eu peur, Lucienne! C'est bien joli, les théories. On feint de mépriser la vie humaine. On affiche des opinions désabusées. Qui veut la fin... Oui, bien sûr. Mais quand la mort est là, même la mort douce, l'euthanasie, comme elle dit, eh bien, on n'en mène pas large. Non, il n'oublierait pas le regard de Lucienne, au moment où elle ramassait les chenets, un regard trouble, chaviré... Un regard qui rassure Ravinel. Maintenant, ils sont complices. Elle ne peut plus le lâcher. Dans quelques mois, ils

36

se marieront. Enfin, ce sera à voir. Ils n'ont encore rien arrêté de définitif.

Ravinel s'essuie les yeux, étonné de constater qu'il a tant pleuré. Il s'assied sur le lit.

— Lucienne?

— Eh bien?

Elle a retrouvé sa voix de tous les jours. En ce moment, il jurerait qu'elle se poudre et qu'elle se met un peu de rouge à lèvres.

— Si nous en finissions ce soir?

Du coup, elle sort du cabinet de toilette, son bâton de rouge au bout des doigts.

— Si nous... l'emmenions? continue Ravinel.

— Ah! ça, tu perds la tête. Ce ne serait vraiment pas la peine d'avoir mis au point un plan pareil.

— J'ai tellement hâte que... tout soit fini

Lucienne donne un dernier coup d'œil à la baignoire, éteint l'électricité, ferme la porte très doucement.

— Et ton alibi?... La police peut fort bien te soupçonner, tu sais. Et surtout la compagnie d'assurances... Il faut que des témoins te voient ce soir, et demain... et après-demain.

— Bien sûr, fait-il avec accablement.

— Allons! Mon pauvre chéri, le plus dur est passé... Ce n'est pas maintenant que tu vas flancher.

Elle lui caresse les joues. Ses doigts sentent l'eau de Cologne. Il se lève, en s'appuyant sur son épaule.

— Tu as raison. Alors, je ne te revois pas avant... vendredi.

— Hélas! Tu le sais bien... J'ai l'hôpital.. Et puis, où nous retrouverions-nous?... Pas ici, tout de même.

— Oh! non.

Il a littéralement crié.

— Tu vois bien... Ce n'est pas le moment de nous faire remarquer ensemble. Il serait stupide de tout compromettre pour un... enfantillage.

— Alors, à après-demain, huit heures?

— Huit heures, quai de l'Ile-Gloriette, comme convenu. Espérons que la nuit sera sombre, comme aujourd'hui.

Elle alla chercher les souliers, la cravate de Ravinel, l'aida à enfiler son pardessus.

— Qu'est-ce que tu vas faire, ces deux jours, mon pauvre Fernand?

— Je ne sais pas.

— Tu as bien encore quelques clients à visiter dans les environs.

— Oh! pour ça, j'en ai toujours.

— Ta valise est dans l'auto?... Ton rasoir?... Ta brosse à dents?

— Oui. Tout est prêt.

— Alors, filons! Tu me déposeras place du Commerce.

Elle ferma les portes, posément, donna deux tours de clef à la grille, pendant qu'il allait ouvrir le garage. Les lampadaires semblaient briller à travers des linges. Le brouillard était tiède; il sentait la vase. Un moteur tournait quelque part, du côté du fleuve, un diesel qui avait des ratés. Lucienne monta dans la camionnette, près de Ravinel qui tisonnait ses vitesses, nerveusement. Il rangea la voiture au jugé, près du trottoir, poussa le panneau à glissière du garage, s'acharna sur la serrure, puis, tête levée, il regarda la maison et releva le col de son pardessus.

— En route!

L'auto roula lourdement, divisant une matière

molle qui s'écartait en draperies jaunâtres, collait au pare-brise, malgré les coups d'éventail de l'essuie-glace. Ils croisèrent une machine haut le pied, qui disparut tout de suite, creusant dans la brume une avenue plus claire où brillèrent des rails, des aiguilles.

— Personne ne me verra descendre, chuchota Lucienne

Un fanal rouge leur indiqua le chantier de la Bourse, et ils aperçurent, en même temps, les lumières des tramways rangés autour de la place du Commerce.

— Laisse-moi, ici.

Elle se pencha, embrassa Ravinel sur la tempe.

— Pas d'imprudences. Sois très calme. Tu sais bien qu'il le fallait, mon chéri.

Elle claqua la portière, s'enfonça dans le mur grisâtre où son passage fit naître de lentes volutes de fumée. Ravinel resta seul, les mains crispées sur son volant trépidant. Il eut alors la certitude que ce brouillard... Non! Ce n'était pas un hasard. Ce brouillard avait une signification précise. Lui, Ravinel, il était là, dans cette boîte de métal, comme au seuil d'un jugement dernier... Ravinel... Un pauvre bougre de bonhomme, pas méchant au fond. Il se voyait avec ses gros sourcils bourrus... Fernand Ravinel... traversant l'existence, mains tendues, comme un aveugle... Toujours le brouillard!... A peine quelques silhouettes entrevues... des silhouettes trompeuses... Mireille... Et le soleil ne se lèverait jamais. Il en était sûr. Il ne sortirait pas de ce pays sans frontière. Une âme en peine. Un fantôme! Ce n'était pas la première fois que cette idée tourmentait Ravinel. Peut-être n'était-il, après tout, qu'un fantôme?

Il embraya, fit le tour de la place, en première. On voyait, derrière les vitres embuées des cafés, des ombres chinoises. Un nez, une grande pipe, une main ouverte qui, brusquement, grandissait, ressemblait à une cassure en étoile, et des lumières, des lumières... Ravinel avait besoin de voir des lumières, d'emplir de lumière cette enveloppe de chair, soudain trop grande pour lui. Il stoppa devant la *Brasserie de la Fosse*, franchit la porte à tambour sur les pas d'une grande fille blonde, qui riait. Il fut dans une autre fumée, celle des pipes et des cigarettes, qui s'étirait entre les visages, s'accrochait aux bouteilles qu'un garçon promenait à bout de bras, sur un plateau. Des yeux se levaient. Des doigts claquaient.

— Firmin! Ma fine?

Des pièces tintaient, au comptoir, sur les tables, et une machine enregistreuse broyait des chiffres, dans le brouhaha des commandes.

— Et trois filtres, trois!

Les boules roulaient sur le billard, s'entrechoquaient avec un fracas discret. Le bruit! Le bruit de la vie. Ravinel se laissa tomber au coin d'une banquette, relâcha tous ses muscles.

« Je suis arrivé », pensa-t-il.

Ses mains étaient devant lui, sur le guéridon, auprès d'un cendrier carré portant, sur chacune de ses faces, le mot *Byrrh*, en lettres brunes. C'était solide, cela. C'était doux à toucher.

— Et pour monsieur?

Le garçon se penchait avec une déférence mêlée de cordialité. Alors, Ravinel eut une inspiration.

— Un punch, Firmin, dit-il. Un grand punch!
— Bien, monsieur.

Ravinel oubliait lentement la nuit et la maison, là-bas. Il avait chaud. Il fumait une cigarette qui sentait bon. Le garçon s'empressait avec des mouvements précautionneux et gourmands. Le sucre, le rhum... Et bientôt, la liqueur flambait. Une belle flamme, qui semblait naître spontanément dans l'air, au-dessus du liquide. Une flamme bleue, d'abord, puis orange, avec des frissons, de petites traînées couleur de feu. Les yeux en étaient égayés. Ravinel se rappela un calendrier qu'il avait longuement contemplé, quand il était petit : une négresse à genoux, sous un bouquet d'arbres exotiques, près d'un rivage doré que baignait une mer bleue. Il retrouvait les mêmes tons exaltés, dans la flamme du punch. Et, quand il but, gorgée après gorgée, l'ardent breuvage, ce fut en lui comme une coulée d'or, comme un soleil tranquille, qui chassait les craintes, les scrupules, l'angoisse. Lui aussi avait le droit de vivre, largement, puissamment, sans rendre de comptes à personne. Il se sentit affranchi de quelque chose qui l'étouffait depuis longtemps. Pour la première fois, il regarda sans crainte l'autre Ravinel, celui qui lui faisait face, dans la glace. Trente-huit ans. Une figure de vieil homme déjà, et pourtant il n'avait pas encore commencé à vivre. Il était contemporain du petit garçon qui contemplait la négresse et la mer d'azur. Mais il n'était pas encore trop tard.

— Firmin! Un autre! Et un indicateur.
— Bien, monsieur.

Ravinel tira de sa poche une carte postale. C'est Lucienne naturellement, qui avait eu cette idée, d'envoyer un mot à Mireille. *J'arriverai samedi matin...* Il secoua son stylo. Le garçon revenait.

— Dites-moi, Firmin. Le combien est-on, aujourd'hui?

— Mais... le 4, monsieur.

— Le 4... C'est vrai! Le 4. Je l'ai pourtant écrit toute la journée... Vous n'auriez pas un timbre par hasard?

L'indicateur était crasseux, taché aux coins. Mais Ravinel n'était plus sensible à de tels détails. Il chercha l'ancien réseau du P.-L.-M. C'est de Paris qu'ils partiraient, évidemment. Et par le train! Plus question de camionnette, alors! Il était envoûté par les noms que son doigt découvrait : Dijon, Lyon, toutes les villes de la vallée du Rhône... *No 35 — Riviera-Express — Première et deuxième classe — Antibes 7 heures 44 —* ... Il y avait des rapides, comme celui-là, qui filaient jusqu'à Vintimille, d'autres qui passaient directement en Italie par Modane. Il y avait des trains avec wagon-restaurant, d'autres avec sleeping-cars... les longs sleepings bleus... Il les voyait dans la fumée de sa cigarette. Il imaginait leur lent roulis, et la nuit aux portières, une nuit claire, pleine d'étoiles, une nuit qu'on peut regarder en face.

L'alcool lui emplissait la bouche d'un goût de caramel. Il y avait, dans sa tête, comme une rumeur de voyage. La porte-tambour faisait tournoyer des bouquets de lumière.

— On va fermer, monsieur.

Ravinel, à son tour, lance des pièces sur la table, néglige la monnaie. D'un geste, il écarte Firmin, il écarte la caissière, qui le regarde, il écarte le passé. La porte le happe, le rejette sur le trottoir.

Il hésite, s'appuie un instant au mur. Ses pensées s'embrouillent. Un mot lui revient aux lèvres, sans raison : Tipperary. Il ne sait pas ce que cela veut dire, Tipperary. Il sourit avec lassitude.

III

Plus qu'un jour et demi! Plus qu'un jour! Et
maintenant, Ravinel va compter par heures. Il
avait cru que cette attente serait terrible. Non.
Elle n'est pas terrible. Mais, en un sens, c'est peut-
être pire. Elle est interminable et morne. Le temps
a perdu sa mesure. Le prisonnier, condamné à cinq
ans, doit éprouver un sentiment semblable, au début.
Et le prisonnier condamné à perpétuité... Ravinel
chasse cette pensée qui bourdonne obstinément,
comme une mouche attirée par la pourriture.

Il boit. Non pas pour se faire voir. Non pas
pour s'enivrer. Seulement pour modifier la cadence
de la vie. Entre deux verres de fine, on s'aperçoit,
quelquefois, qu'il s'est écoulé un très long temps,
sans qu'on sache comment. On rumine des détails
minuscules. L'hôtel, par exemple, où il a fallu coucher
la veille. Mauvais lit. Café infect. Des gens qui vont
et viennent sans arrêt. Des trains qui sifflent. Il
aurait fallu quitter Nantes, faire un tour à Redon,
à Ancenis. Mais impossible de partir. Peut-être
parce que le réveil s'accompagne d'une lucidité
aiguë, décourageante. On suppute ses chances. Elles
paraissent si minimes que ce n'est vraiment pas la
peine de lutter. Vers dix heures, soudain, la confiance

revient. C'est comme une lumière nouvelle qui éclaire bizarrement les raisons de douter et en fait des raisons d'espérer. Alors, bravement, on pousse la porte du *Café Français*. On affronte les amis. Ils sont toujours là, deux ou trois, qui boivent des cafés arrosés.

— Ce vieux Fernand!

— Dis donc! Mais tu en as une mine!

Il faut s'asseoir entre eux, sourire. Heureusement, ils acceptent la première explication venue. C'est si facile de mentir. Il suffit de raconter qu'on a eu mal aux dents, qu'on s'est assommé de cachets.

— Moi, dit Tamisier. J'ai eu l'année dernière une molaire!... Ça aurait continué, je crois que je me serais foutu à l'eau, tellement je souffrais!

Même des réflexions comme celle-là, c'est curieux, on les accueille sans sourciller. On se persuade qu'on a mal aux dents, et tout se passe comme si l'on avait vraiment mal aux dents. Déjà, l'autre soir, avec Mireille... L'autre soir, c'était... Mon Dieu! C'était hier au soir... Est-ce que l'on ment?... Non! C'est bien plus compliqué que cela. On devient brusquement l'homme d'une autre vie, comme un acteur. Seulement l'acteur, une fois retombé le rideau, cesse de se confondre avec ses personnages. Tandis que, pour certains... impossible de savoir qui est l'homme, qui est le personnage.

— Dis donc, Ravinel, c'est sérieux, le nouveau moulinet *Rotor*? J'ai vu ça dans *La Pêche illustrée*.

— Pas mal. Surtout pour la pêche en mer.

Une matinée de novembre, avec un soleil blanc, au fond de la brume, et des trottoirs mouillés. De temps en temps, juste à l'angle du café, un tramway prend la courbe et ses roues, sur les rails, grincent avec un son aigu, prolongé, pas désagréable.

— Ça va, chez toi?

— Ça va.

Et, cette fois encore, il n'a pas menti. Un peu hallucinant, ce dédoublement!

— Drôle de vie, remarque Bellœil. Toujours sur les routes!... Tu n'as jamais eu envie de prendre la région parisienne?

— Non. D'abord, la région parisienne est réservée aux plus anciens voyageurs. Et puis, ici, mon chiffre d'affaires est beaucoup plus intéressant.

— Moi, dit Tamisier, je me suis toujours demandé pourquoi tu as choisi ce métier... Avec ton instruction!

Et il explique à Bellœil que Ravinel a sa capacité en droit. Comment leur faire comprendre ce qu'on n'a jamais bien démêlé soi-même. L'attirance de l'eau...

— Tu as mal, hein? murmure Bellœil.

— Oui, ça me lance, par moments.

L'attirance de l'eau, et la poésie, oui, c'est bien une poésie, des engins vernis, délicats, compliqués. Il y a peut-être quelque puérilité, un sentiment qui prouve qu'on n'a pas réussi à surmonter l'enfance. Mais pourquoi l'aurait-on surmontée? Pour devenir semblable à un Bellœil, qui vend des chemises et des cravates, et s'alcoolise lentement, patiemment, sans espoir, entre deux clients. Tant de gens, amarrés à leur niche, par une chaîne invisible! Peut-on leur dire qu'on les méprise un peu parce qu'on appartient soi-même à la race plus forte des nomades, parce qu'on travaille dans la futilité, parce qu'on vend du rêve, en alignant sur un comptoir des hameçons, des

46

mouches artificielles ou des cuillers multicolores, si bien appelées *leurres*. On a un métier, bien sûr! comme tout le monde. Mais ce n'est pas tout à fait un métier. Cela ressemble un peu à la peinture et à la littérature... Difficile à expliquer. La pêche, c'est une espèce d'évasion. Mais de quoi s'évade-t-on? C'est tout le problème.

... Ravinel sursaute. Neuf heures et demie. Il y a trois quarts d'heure qu'il remue ses souvenirs de la veille.

— Garçon!... Une fine!

Après l'épisode du café, que s'était-il passé? Il a rendu visite à Le Flem, près du pont de Pirmil. Le Flem lui a commandé trois canardières. On a bavardé avec un coiffeur, qui prend des brochets énormes, au Pellerin, tous les lundis. On a parlé chevesne, pêche à la mouche. Le coiffeur n'avait pas confiance dans les mouches artificielles. Il a fallu, pour le convaincre, confectionner une Hitchcock, avec une plume de perdrix. Ravinel fabrique les mouches comme personne en France, et peut-être en Europe. Il y a la manière de tenir l'hameçon dans la main gauche. Mais surtout, il y a la manière d'enrouler la plume autour de la hampe, de faire bouffer chaque barbe de la plume et d'arrêter le nœud. Le coup de vernis, c'est à la portée de tout le monde. Mais l'ébouriffé des poils minuscules, la mise en place des cerques, ces espèces d'antennes qui donnent à la mouche l'apparence de la vie, le choix des couleurs, aussi, tout cela, c'est de l'art. La mouche, au creux de la main, vibre, tremble... Le moindre souffle, et elle prendrait son vol. L'illusion est si complète qu'on éprouve un malaise à voir cette mouche velue, posée sur la peau. On a envie de l'écraser.

— Ça alors! dit le coiffeur.

Le' Flem, d'un coup de poignet, fait semblant de ferrer, et un bambou imaginaire se plie en arc, à son poing. Son bras est agité de secousses, comme si le poisson, là-bas, se ruait à travers les épaisseurs liquides.

— Vous frappez le chevesne au toc... et par ici, petit!

Sa main gauche passe prestement une épuisette de rêve sous le poisson maté. Il a le chic, Le Flem.

Les heures ont coulé. L'après-midi, cinéma. Le soir, cinéma. Ensuite, un autre·hôtel, trop tranquille, celui-là. Présence obsédante de Mireille. Pas de Mireille dans la baignoire, mais de Mireille à Enghien. Une Mireille bien vivante, à qui l'on aurait volontiers raconté ses craintes. « Qu'est-ce que tu ferais, Mireille, à ma place? » Bien obligé de comprendre qu'on l'aime encore, ou plutôt qu'on commence, timidement, à l'aimer. C'est grotesque! C'est odieux, tant qu'on voudra, et pourtant...

— Tiens! Mais... c'est Ravinel.

— Quoi?

Ils sont deux qui s'arrêtent devant lui, Cadiou et un autre, un grand sec, avec une canadienne, qui le regarde au fond des yeux, comme si...

— Je te présente Larmingeat, dit Cadiou.

Larmingeat! Ravinel a bien connu Larmingeat, autrefois, un garçonnet en sarrau noir, qui lui expliquait ses problèmes. Ils s'observent. Le premier, Larmingeat tend la main.

— Fernand! Pour une surprise... Ça fait bien vingt-cinq ans, dis donc!...

Cadiou frappe dans ses mains.

— Trois cognacs!

Il y a, malgré tout, un instant de gêne. Larmingeat, ce grand type au nez en forme de bec, aux yeux froids?

— Qu'est-ce que tu es devenu? demande Ravinel.

— Architecte... et toi?

— Oh! moi, représentant de commerce.

Cela établit une distance, tout de suite, Larmingeat biaise, s'adresse à Cadiou.

— Nous avons été à l'école ensemble, à Brest. Je crois bien que nous avons passé ensemble le certificat d'études... Comme c'est loin, tout ça!

Il réchauffe son cognac dans son poing fermé, revient à Ravinel.

— Tes parents?

— Ils sont morts.

Larmingeat soupire et explique, pour Cadiou :

— Son père était professeur au lycée. Je le revois encore, avec son parapluie et sa serviette. Il ne souriait pas souvent.

Non. Il ne souriait pas souvent. Il était tuberculeux. Mais cela, Larmingeat n'a pas besoin de le savoir. Ne parlons pas de ce père toujours en noir, surnommé la Sardine par les garçons du lycée. Au fond, c'est lui qui a dégoûté Ravinel des études. Toujours à répéter : « Quand je ne serai plus là... Quand tu ne m'auras plus. » Et il fallait travailler, travailler... A table, il s'arrêtait de manger, considérait son fils sous ses sourcils énormes, les sourcils Ravinel. « Fernand, la date de Campo-Formio?... la formule du butane?... la concordance des temps en latin? » C'était un homme précis, méticuleux, qui mettait tout en fiches. Pour lui, la géographie, c'était une liste de villes, l'histoire, une liste de dates, l'homme, une liste de noms d'os et de nerfs. Ravinel a encore des sueurs froides, quand il pense à son bac. Et souvent, des noms bizarres lui reviennent en mémoire, comme des bribes de cauchemar : Pointe-à-Pitre... crétacé... monocotylédone... On n'est pas impunément le fils de la Sardine. Qu'est-ce qu'il dirait, Larmingeat, si Ravinel lui avouait qu'il a prié pour que son père meure, qu'il a guetté tous les symptômes de sa fin prochaine ? Ah ! Il est calé, en médecine. Il sait ce que signifie un peu d'écume au coin des lèvres, une certaine manière de tousser creux le soir. Il sait aussi ce que cela signifie d'être le fils d'un malade. Toujours à trembler pour sa santé, à surveiller sa température, aux changements de saison. Comme disait sa mère : « On ne fait pas de vieux os, chez nous. » Elle est morte, quelques mois après son mari, sans bruit, usée par les calculs et les économies. Parce que Ravinel était fils unique, il a eu, malgré son âge, l'impression d'être orphelin. Il est resté orphelin. Quelque chose en lui n'a pas réussi à s'épanouir, et il sursaute toujours quand une porte claque, ou bien quand on l'interpelle à l'improviste. Il craint les questions à bout portant. On ne lui demande plus la date de Campo-Formio, évidemment, mais il a toujours peur de rester sec, de ne plus savoir un renseignement essentiel. Et il lui est arrivé, en effet, d'oublier son numéro de téléphone, ou le numéro de sa voiture. Un jour, il oubliera son nom. Il ne sera plus fils, ni mari, ni rien... Un homme parmi les autres et, ce jour-là, qui sait, il sera peut-être heureux, d'un bonheur défendu !

— Tu te rappelles nos balades à la pointe des Espagnols?

Ravinel revient lentement à la surface. Ah! oui, Larmingeat.

— J'aurais bien voulu connaître Ravinel à ce moment-là, dit Cadiou. Je m'imagine que c'était un dur, hein?

— Un dur?

Larmingeat et Ravinel se regardent. Ils sourient ensemble et c'est comme un pacte qu'ils viennent de sceller. Parce que Cadiou ne pourrait pas comprendre...

— Un dur, oui, si l'on veut, dit Larmingeat, qui interroge : Tu es marié?

Ravinel voit son alliance et rougit.

— Oui. Nous habitons à Enghien, à côté de Paris.

— Je connais.

Il y a des trous dans la conversation. On a tout le temps de se dévisager. Larmingeat aussi porte une alliance. Parfois, il s'essuie les yeux, parce qu'il n'a pas l'habitude de boire de l'alcool. On pourrait l'interroger, mais à quoi bon? La vie des autres n'a jamais intéressé Ravinel.

— Ça marche, la reconstruction? demande Cadiou.

— À peu près, dit Larmingeat.

— Qu'est-ce que ça va chercher un rez-de-chaussée moyen, mais confortable?

— Ça dépend. Quatre pièces et salle de bains, dans les deux millions. Je parle d'une salle de bains tout ce qu'il y a de moderne, naturellement.

Ravinel appelle le garçon.

— On remet ça, propose Cadiou.

— Non. J'ai un rendez-vous. Tu m'excuses, Larmingeat.

Il serre des mains molles. Larmingeat prend un air un peu pincé. Il ne veut pas être indiscret, bien sûr.

— Quand même, grogne Cadiou, tu aurais pu déjeuner avec nous.

— Une autre fois.

— J'y compte bien. Je te ferai voir le terrain que je viens d'acheter, au pont de Cens.

Ravinel s'en va à pas rapides. Il se reproche de manquer de sang-froid, mais est-ce sa faute, s'il est sensible comme un écorché. Est-ce qu'un autre, à sa place...

Les heures passent. Il conduit sa camionnette à la station-service de l'Erdre. Graissage. Plein d'essence. Il fait remplir deux jerrycans, par précaution. Puis il roule vers la place du Commerce, longe la Bourse, traverse l'esplanade de l'île Joliette. Il voit le port à sa gauche, les feux d'un Liberty qui s'éloigne, la Loire toute ridée de reflets. Il ne s'est jamais senti si proche des choses, si délivré de lui-même et, pourtant, sa poitrine se crispe douloureusement, ses nerfs se tendent pour supporter l'épreuve imminente. Un immense train de marchandises défile. Ravinel compte les wagons. Trente et un. Lucienne a dû quitter l'hôpital. Il la laissera achever le travail. Après tout, c'est elle qui a tout combiné. Ah! la bâche! Il sait qu'elle est derrière lui, pliée dans l'angle de la camionnette, pourtant il se retourne pour la regarder. Une bâche *California*, celle qu'il présente comme échantillon, pour le matériel de camping. Comme il se redresse, il aperçoit Lucienne qui arrive, sans bruit, sur ses semelles crêpe.

— Bonsoir, Fernand... Ça va... Pas fatigué?

Avant même d'ouvrir la portière, elle a retiré

ses gants pour palper la main de Ravinel. Elle fait la moue.

— Tu m'as l'air bien nerveux... Et je sens que tu as bu.

— Il le fallait bien, grogne-t-il, en tirant sur le démarreur. C'est toi-même qui m'as recommandé de me faire voir.

L'auto suit le quai de la Fosse. C'est l'heure de la débauchée. Des dizaines de petits feux ronds, zigzagants, se croisent dans la nuit : les cyclistes. Il faut ouvrir l'œil, mais Ravinel, s'il n'est pas très bon mécanicien, sait conduire en revanche. Il se faufile adroitement. Après le transbordeur, la circulation est beaucoup plus facile.

— Donne-moi les clefs, murmure Lucienne.

Il manœuvre, entre en marche arrière, et elle referme la porte du garage. Ravinel boirait bien un cognac.

— La bâche, dit Lucienne.

Elle ouvre l'autre porte, celle du fond, écoute. Puis elle monte les deux marches, entre dans la maison, pendant que Ravinel tire la bâche, la déploie, la roule. Et, tout à coup, il entend le bruit qu'il redoutait... L'eau... L'eau qui s'écoule de la baignoire... Le tuyau de descente passe dans le garage. Il a vu, à plusieurs reprises, des noyés. Dans son métier, forcément, on circule beaucoup le long des rivières. Ce n'est pas beau, un noyé. C'est noir, enflé de partout. La peau crève sous la gaffe... Il gravit les deux marches. Là-bas, au fond de la maison silencieuse, la baignoire se vide avec des hoquets, des reniflements... Ravinel s'engage dans le couloir, s'arrête au seuil de la chambre. La porte du cabinet de toilette est ouverte. Lucienne est penchée au-dessus

de la baignoire, d'où s'échappe un dernier gargouil-
lement. Elle regarde quelque chose... La bâche
tombe. Ravinel ne sait plus s'il l'a lâchée, si elle a
glissé... Il fait demi-tour, entre dans la salle à
manger. Le litre de vin est toujours sur la table,
à côté de la carafe. Il boit à la bouteille, jusqu'à
perdre le souffle. Et puis, quoi! Il faut bien se décider.
Il retourne sur ses pas, ramasse la bâche.

— Étends-la bien à plat, dit Lucienne.
— Quoi?
— La bâche.

Elle a un visage dur, implacable, qu'il ne lui a
encore jamais vu. Ravinel développe le tissu imperméable. Cela fait un immense tapis verdâtre, un peu
trop grand pour la salle de bains.

— Alors? chuchote Ravinel.

Lucienne a enlevé son manteau, retroussé ses
manches.

— Alors? répète Ravinel.

— Tu penses! dit-elle. Après quarante-huit heures...

Étrange pouvoir des mots! Ravinel a froid, brusquement. Il a froid pour Mireille. Il veut voir. Il se
penche au-dessus de la baignoire, comme un homme
sujet au vertige. Il découvre la jupe collée aux
jambes, les bras repliés, les mains serrées autour de
la gorge... Ah!

Il recule en poussant un cri. Il a vu la figure de
Mireille, les cheveux noircis par l'eau, plaqués sur
le front, sur les yeux, comme des algues. Il a vu
aussi les dents découvertes, la bouche figée...

— Aide-moi, dit Lucienne.

Il s'appuie au lavabo. Une nausée le tord.

— Attends... un peu.

C'est affreux! Et pourtant, il est obligé de reconnaître qu'il s'imaginait quelque chose de pire. Mais les noyés des fleuves sont de vieux noyés, qui ont dérivé pendant des jours et des jours, le long des rives noires, bosselées de racines. Tandis que...

Il se redresse, retire son pardessus, son veston.

— Prends les jambes, ordonne Lucienne.

La manœuvre, incommode, rend la charge pesante. Des gouttes tombent, bruyamment. Ah! ces jambes raides, glacées. Le corps de Mireille franchit le bord de la baignoire. Ils l'étendent sur la bâche. Lucienne le recouvre, puis le fait rouler, comme un paquet qu'on emballe. Il n'y a plus, à leurs pieds, qu'un cylindre de toile luisante, d'où suinte un peu d'eau. Il suffit de tordre les deux bouts de la bâche pour avoir une prise. Et ils vont, l'un derrière l'autre, portant leur fardeau à travers la maison.

— Tu aurais dû ouvrir la voiture, observe Lucienne.

Ravinel soulève le panneau du fond, grimpe dans la camionnette et tire à lui le colis qu'ils sont obligés de caler en diagonale, à cause de sa longueur.

— Il aurait mieux valu le ficeler, dit Ravinel.

Il s'en veut aussitôt de cette réflexion. C'est le voyageur de commerce qui a parlé. Pas le mari. D'ailleurs, Lucienne n'a-t-elle pas déjà pensé à ce détail?

— Nous n'aurons pas de temps à perdre, là-bas. Ça ira comme ça.

Ravinel met pied à terre, se masse les reins. Voilà. C'est fini. Il en est un peu saisi. Il n'a pas eu à utiliser toute l'énergie nerveuse qu'il avait accumulée et il lui reste de la force à dépenser, qui s'écoule en tics, en mouvements inutiles. Il croise et décroise ses doigts, se frotte le crâne, se mouche, se gratte.

— Attends-moi! dit Lucienne. Je vais remettre un peu d'ordre.

— Non!

Ça non! Il n'est pas capable de supporter, seul, dans ce garage pauvrement éclairé, cette attente. Ils remontent ensemble. Lucienne range la salle à manger, vide la carafe, l'essuie. Elle éponge l'eau tombée sur le carrelage de la salle de bains. Elle se rhabille. Lui, brosse son veston, recouvre le lit. Tout est en ordre. Ils passent une dernière visite, Ravinel chapeau à la main, Lucienne gantée, portant le sac, le manteau de Mireille. Bon! Elle se retourne.

— Content, chéri?... Alors, embrasse-moi.

Jamais de la vie! Pas ici. Elle n'a pas de cœur, Lucienne. Il y a des moments où il ne la comprend pas, où elle lui semble complètement inconsciente. Il la pousse dans le couloir, ferme la porte à clef. Puis il regagne le garage, donne un dernier coup d'œil à la voiture, éprouve les pneus du bout de sa chaussure. Lucienne est déjà installée. Il sort la camionnette, referme rapidement les panneaux du garage. Cette auto arrêtée derrière lui, à la merci d'un curieux... L'angoisse revient. Ravinel claque la portière, embraie. Il file dans la direction de la gare, choisit les rues mal éclairées, atteint la rue du Général-Buat. La camionnette tangue sur les pavés, dépasse les trams qui ferraillent, cahotant des silhouettes sombres derrière leurs vitres embuées.

— Pas besoin d'aller si vite! dit Lucienne.

Mais Ravinel a hâte de quitter la ville, de rouler dans la campagne obscure. Les postes d'essence, rouges, blancs, défilent... Les maisons ouvrières... les murs d'usine. A l'extrémité d'une avenue, les bras d'un passage à niveau s'abaissent en scintillant.

C'est maintenant que la peur monte, monte. Ravinel s'arrête derrière un camion, éteint ses phares.

— Reste au moins en code!

Elle est donc de bois, cette femme! Le train passe, un train de ballast, remorqué par une vieille locomotive, dont le foyer incendie la nuit. Le camion s'ébranle. La route est libre. Ravinel prierait, s'il n'avait oublié toutes ses prières.

IV

Ravinel roule souvent la nuit. Par goût. On est
seul. On s'enfonce dans l'ombre à toute allure. On
ne ralentit pas en traversant les villages. Les phares
éclairent bizarrement la route qui ressemble à un
canal parcouru d'une légère houle. Impression de
faire du hors-bord. Et puis, soudain, impression de
dévaler la pente d'un scenic-railway : les poteaux
blancs qui balisent les virages passent vertigineu-
sement, avec des miroitements de pierres précieuses.
On dirige, presque à son gré, une féerie troublante;
on devient une sorte de mage qui, du bout de sa
baguette, effleure des choses informes au fond d'un
horizon incertain et on tire au vol des girandoles de
feu, des éclats fauves, des bouquets d'étoiles, des
soleils. On rêve. On sort lentement de sa peau. On
n'est plus qu'une âme à la dérive qui rôde à travers
le monde endormi. Des rues, des prairies, des églises,
des gares glissent sans bruit, s'évanouissent. Peut-
être n'ont-elles jamais existé? On est le maître des
formes. Il suffit d'accélérer : on ne voit plus que des
lignes horizontales, flexibles, qui sifflent aux vitres
comme les parois d'un tunnel. Mais, si le pied fatigué
se relève, c'est un autre décor, tout aussi irréel, un
chapelet d'images dont certaines restent fixées sur
la rétine, collées par la vitesse, comme ces feuilles

qui se plaquent, écartelées, sur le radiateur ou le pare-brise : un puits, une charrette, la maisonnette d'un garde-barrière ou les bocaux étincelants d'une pharmacie. Ravinel aime la nuit, Angers s'éloigne, n'est plus dans le rétroviseur qu'une constellation de lueurs animée d'un lent mouvement de rotation qui la fait sortir peu à peu du miroir. La route est déserte. Lucienne reste silencieuse, les mains dans ses manches, le menton dans le col de son manteau. Ravinel roule à une allure modérée, depuis Nantes. Il aborde doucement les tournants. Il a pitié du corps, derrière, que doivent secouer les cahots. Il n'a pas besoin de consulter le compteur. Il sait qu'il fait du 50 de moyenne. A ce train-là, ils seront à Enghien avant le lever du jour, comme prévu. Si tout va bien!... Le moteur a eu des ratés, tout à l'heure, dans la traversée d'Angers. Un coup de starter, tout est rentré dans l'ordre! Idiot de ne pas avoir fait nettoyer le carburateur! Une panne, cette nuit, ce serait malin! Pas question de se laisser aller. Il faut surveiller le moteur. Ils sont comme des aviateurs au-dessus de l'Atlantique. La panne signifie...

Ravinel ferme les yeux une seconde. Il y a des pensées qui attirent le mauvais sort. Un feu rouge, là-bas. C'est un poids lourd. Il crache une épaisse fumée de mazout, se range mal, laissant à gauche un étroit passage où l'on doit s'engager au petit bonheur. Ravinel redresse, sent qu'il est en plein dans le faisceau des phares du camion. De sa cabine, le chauffeur doit apercevoir l'intérieur de la voiture. Ravinel accélère, et le moteur bafouille un peu. Il y a sûrement une poussière dans le gicleur. Lucienne ne se doute de rien. Elle somnole. Elle n'est pas sensible à tout ce qui émeut Ravinel. Curieux comme elle est peu femme. Même pendant l'amour... Comment a-t-elle pu devenir sa maîtresse? Qui des deux a choisi l'autre? Au début, elle semblait ne pas le voir. Elle ne s'intéressait qu'à Mireille. Elle la traitait beaucoup moins en cliente qu'en camarade. Mireille a le même âge qu'elle. A-t-elle compris que le ménage n'était pas très solide? A-t-elle cédé à un brusque emballement? Mais il sait bien, lui, qu'il n'est pas beau. Il n'est pas spirituel, non plus. Comme amant, il est plutôt médiocre. Jamais il n'aurait osé toucher à Lucienne... Lucienne appartient à un autre univers, distingué, raffiné, savant. L'univers que son père, le petit professeur du lycée de Brest, regardait de loin, avec des yeux de pauvre. Pendant quelques semaines, Ravinel a cru à un caprice de femme. Étrange caprice!... Des étreintes rapides, quelquefois sur un lit de consultation, à côté de la table ripolinée couverte d'instruments nickelés, sous des gazes. Et il arrivait qu'elle lui prît sa tension, après, car elle craignait pour son cœur... Elle craignait... Non. Même cela n'était pas sûr. Car si, le plus souvent, elle l'entourait de soins et semblait réellement inquiète, parfois aussi, elle se débarrassait de lui avec un sourire : « Mais non, chéri, je t'assure que ce n'est rien. » Cette incertitude avait fini par le détraquer complètement. Le plus probable... Attention! Le croisement est mauvais... Le plus probable, c'est que, dès le premier jour, elle a vu loin... très loin. Il lui fallait un complice. Depuis le début, depuis le premier regard, ils sont complices... L'amour ne compte guère, l'amour tel qu'on l'entend d'habitude!... Ce qui les unit, ce n'est pas le choix, c'est quelque chose de plus profond qui touche à un domaine ténébreux de l'esprit. Est-ce l'argent, l'argent seulement qui attire

Lucienne? Plutôt la puissance que donne l'argent, l'autorité, le droit de commander. Elle a besoin de régner. C'est pourquoi il s'est soumis tout de suite. Mais ce n'est pas tout. Il y a aussi, en Lucienne, une sorte d'inquiétude. C'est fugitif, à peine si on sent cela, pourtant il n'y a pas moyen de s'y tromper. L'inquiétude d'un être en porte-à-faux, pas tout à fait normal. Voilà pourquoi ils se sont reconnus. Car lui non plus n'est pas normal, normal au sens de Larmingeat, par exemple. Il vit comme les autres, parmi les autres, il passe même pour un excellent représentant, mais c'est une apparence... Sacrée côte! le moteur ne tire pas, décidément!... Qu'est-ce que je disais?... Oui, je vis à la lisière, comme un évadé qui cherche à retrouver son pays! Et elle aussi, elle cherche, elle souffre, elle manque de quelque chose. Quelquefois, elle semble s'accrocher à moi, comme si elle était terrifiée. Quelquefois elle me regarde comme si elle se demandait qui je suis. Pourrons-nous jamais vivre ensemble? Est-ce que je désire seulement vivre avec elle?

Coup de frein. Deux phares qui éblouissent. Une voiture passe avec une gifle d'air. Puis, de nouveau, la route libre, les arbres peints en blanc jusqu'à hauteur d'homme, la ligne jaune au milieu de la chaussée et, de temps en temps, une feuille morte qui descend, toute noire, ressemble de loin à une grosse pierre ou à une crevasse dans le goudron. Ravinel commence à ressasser les mêmes pensées. Il oublie la morte. Il oublie Lucienne. Il a des crampes dans la jambe gauche et voudrait bien allumer une cigarette. Il se sent protégé dans cette voiture bien close, comme il se sentait à l'abri, autrefois, quand il allait à l'école, dans sa pèlerine bien boutonnée, sous le capuchon rabattu, d'où il voyait sans être vu. Il s'imaginait alors qu'il était un voilier, se commandait à lui-même des manœuvres compliquées : « A brasser les perroquets! A carguer la trinquette! » Il s'inclinait, venait au vent, se laissait porter vers l'épicerie où il allait acheter un litre de vin. Dès cette époque il avait voulu être ailleurs, hors du monde des grandes personnes, qui ne prêchent que des vertus arides.

Lucienne croise les jambes, ramène soigneusement son manteau sur ses genoux et Ravinel doit faire un effort pour réaliser qu'il transporte un cadavre.

— On aurait été plus vite par Tours.

Lucienne a parlé sans tourner la tête. Ravinel ne bouge pas, lui non plus, mais il lance hargneusement :

— La route est en rechargement après Angers. Et puis, quelle importance?

Si elle insistait, il accepterait la dispute, sans raison. Lucienne se contente de tirer les cartes du vide-poches et de les étudier, en se penchant vers la lueur du tableau de bord. Ce geste aussi irrite Ravinel. Les cartes, c'est son affaire à lui. Est-ce qu'il va mettre le nez dans ses tiroirs? Au fait, il n'a jamais vu l'appartement de Lucienne. Ils sont trop pris, l'un et l'autre. Juste le temps de déjeuner ensemble, par-ci, par-là, ou de se rencontrer, une fois en passant, à l'hôpital où il feint de venir la consulter. Le plus souvent, c'est Lucienne qui se rend dans la petite maison du quai. C'est là qu'ils ont tout combiné. Qu'est-ce qu'il sait de Lucienne, de son passé? Elle n'est guère portée aux confidences! Elle lui a dit un jour, que son père avait été juge au tribunal d'Aix. Il est mort pendant la guerre. Les privations. Quant à sa mère, elle n'en parle jamais. Il a eu beau faire des allusions. Un froncement de sourcils. C'est tout! Il est facile de deviner que Lucienne ne la voit plus. Quelque querelle de famille, sans doute. En tout cas, jamais Lucienne n'est retournée là-bas. Et pourtant, ce pays doit lui tenir au cœur puisque c'est à Antibes qu'elle veut s'établir. Elle n'a ni frère ni sœur. Il y a, dans son cabinet, une petite photographie, ou plutôt il y avait, car elle a disparu depuis longtemps; la photo d'une jeune fille très belle, blonde, de type scandinave. Plus tard, Ravinel se renseignera. Après leur mariage. Le mot fait drôle! Ravinel ne se voit pas marié avec Lucienne. Lucienne et lui, c'est curieux à dire, mais ils ont des têtes de célibataire. Ils ont aussi des manies de célibataire. Lui, ses manies, elles font corps avec sa personne. Il les aime. Mais il déteste celles de Lucienne. Son parfum. Un parfum âcre, où il y a de la fleur mais aussi de la bête. Sa chevalière, qu'elle fait tourner en parlant; une bague massive qu'on verrait très bien au doigt d'un banquier ou d'un industriel. Sa façon de manger, à grands coups de dents, et il faut toujours que la viande soit saignante. Il y a, parfois, de la vulgarité dans ses mouvements, dans ses expressions. Elle se surveille. Elle est parfaitement bien élevée. Mais il lui arrive de rire lourdement ou de regarder les gens avec une sorte d'insolence appuyée et canaille. Elle a de gros poignets, des chevilles épaisses, presque pas de poitrine. C'est un peu choquant. Et elle fume, quand elle est seule, de minces cigares noirs qui empestent. Une habitude prise en Espagne, paraît-il! Qu'allait-elle faire en Espagne! Au moins, le passé de Mireille était sans mystère!

Après La Flèche, le paysage se vallonne. Il y a des creux où flotte un brouillard qui se dépose en bruine sur les vitres. Ravinel doit grimper en seconde certains raidillons. Ce mélange binaire, une vraie saloperie! Ça claque les moteurs et ça ne tire pas mieux qu'un gazogène. Le temps s'est couvert. 10 heures et demie. Personne sur la route. On ferait un trou dans un champ pour y enfouir le corps, nul ne viendrait vous déranger. Ni vu, ni connu... Mais il s'agit bien de cela!... Pauvre Mireille! Elle ne mérite pas qu'on pense à elle de cette façon. Ravinel l'évoque avec une tendresse désolée. Pourquoi n'était-elle pas de la même race que lui? Une petite ménagère tellement sûre d'elle-même! Et qui aimait tout ce qui était rococo, d'instinct : les films en couleurs, les *Prisunic*, le *Courrier de la Femme*, les plantes grasses d'appartement, dans des pots minuscules. Elle se jugeait supérieure à lui, critiquait ses cravates, se moquait de sa calvitie. Elle ne comprenait pas pourquoi, certains jours, il errait dans la maison, le front buté, les mains au fond des poches, les yeux méchants : « Qu'est-ce que tu as, mon chou? Tu veux qu'on aille au cinéma?... Si tu t'ennuies, dis-le. » Mais non, il ne s'ennuyait pas. C'était bien pis! Il avait *mal à la vie*, voilà le mot. Il sait maintenant qu'il aura toujours mal. C'est profond. Sans remède. Mireille est morte. Qu'y a-t-il de changé? Plus tard, peut-être, quand ils seront installés à Antibes...

Une plaine immense s'étend, de chaque côté de la route. On a l'impression que la voiture n'avance plus. Lucienne, de sa main gantée, essuie la portière, regarde passer le même talus monotone. Les lumières du Mans sont posées, là-bas, au bord extrême de l'horizon.

— Tu n'as pas froid?

— Non! dit Lucienne.

Avec Mireille non plus Ravinel n'avait pas eu de

chance. Pas plus qu'avec Lucienne. Ou bien il manque d'expérience, ou bien il ne rencontre que des femmes frigides. Mireille avait beau faire semblant de s'émouvoir, il n'a jamais été dupe : elle restait profondément insensible, même quand elle criait et se cramponnait à lui, en essayant de perdre la tête. Lucienne, elle, ne cherche pas à donner le change. Il est visible que l'amour l'agace. Mais cette pauvre Mireille se croyait obligée de jouer la séduction, se prenait au sérieux. Leur différend est venu de là. Lui, ne prend plus rien au sérieux. Ce qu'il faudrait vraiment prendre au sérieux n'a pas de nom pas de forme. C'est un poids. C'est aussi un vide. Lucienne sait. Elle a souvent un regard dilaté, fixe, qui ne trompe pas. Peut-être Mireille aurait-elle voulu apprendre cela comme elle désirait apprendre l'amour? Peut-être l'amour est-il un chemin vers ce lieu intérieur? Ravinel pense au jeu du brouillard. Il aurait fallu s'appliquer, avec Mireille. Elle était certainement sensuelle et si féminine! Tout le contraire de Lucienne.

Ravinel s'interdit ces pensées. Car enfin il a tué Mireille! Précisément, c'est le point troublant. Il n'arrive pas à se persuader qu'il a commis un crime. Cela lui paraissait monstrueux, lui paraît encore monstrueux, un crime! Il faut être sauvage, sanguinaire. Et lui n'est pas du tout sanguinaire. Il aurait été incapable de saisir un couteau... ou même d'appuyer sur la détente de son revolver. A Enghien, dans son secrétaire, il y a un browning chargé. C'est Davril, le directeur, qui lui a conseillé d'être armé... Les routes... la nuit... on ne sait pas qui on peut rencontrer. Au bout d'un mois, il a fourré dans un tiroir ce revolver, dont la graisse tachait les cartes.

Mais jamais l'idée ne lui serait venue de tirer sur Mireille! Son crime à lui, c'est un enchaînement de menues circonstances, de petites lâchetés consenties par indifférence. Si un juge, un bonhomme comme le père de Lucienne, l'interrogeait, il répondrait en toute bonne foi : « Je n'ai rien fait! » Et, parce qu'il n'a rien fait, il ne regrette rien. Pour regretter, il faudrait se repentir. Se repentir de quoi? De proche en proche, il faudrait se repentir d'être ce qu'on est. Et cela n'a aucun sens.

Une plaque : *Le Mans. 1 km 500.* Des stations-service, toutes blanches. La route passe sous un pont métallique, file entre des maisons basses.

— Tu évites le centre?

— Non. Je prends par le plus court. C'est tout.

11 h 25. Des gens sortent des cinémas. Les trottoirs sont mouillés. Le moteur éveille des échos dans les rues vides. De loin en loin, un bistrot encore éclairé. A gauche, une place que traversent deux agents de police, poussant leur bicyclette. Puis un autre faubourg, éclairé au gaz. De nouveau, des maisons basses et des distributeurs d'essence. On abandonne les pavés. Encore un pont, qui porte une locomotive en manœuvre. On croise un camion de déménagement. Ravinel pousse un peu, monte à 75. On va, dans quelques instants, aborder la Beauce. La route est facile jusqu'à Nogent-le-Rotrou.

— Il y a une voiture derrière, dit Lucienne.

— Je l'ai vue.

Le reflet des phares semble déposer sur le volant, sur le tableau de bord, une poussière dorée qu'on a envie de chasser de la main, et soudain la route, en avant, paraît plus noire. L'auto les double, une Peugeot qui se rabat trop vite. Ravinel jure, ébloui.

Déjà la Peugeot fond sur place, comme une silhouette rapetissant sur un écran. Puis elle se hisse, très loin, contre le ciel, poussant deux cornes de lumière. Elle marche au moins à 110. Juste à ce moment, le moteur tousse, cogne. Ravinel tire le starter. Le moteur s'éteint. La voiture roule sur son élan. Par un réflexe, Ravinel l'engage sur le bas-côté, freine, coupe les phares et allume les feux de position.

— Qu'est-ce qui te prend? fait Lucienne agressive.

— La panne! Tu ne comprends pas, non! On est en panne. Le carburateur, sans doute.

— C'est malin!

Comme s'il l'avait fait exprès. Et tout près du Mans. Dans un coin où le trafic est intense, même la nuit! Ravinel sort de l'auto, la poitrine contractée. Un petit vent aigre siffle dans des arbres dénudés. Tous les bruits sont distincts, étonnamment proches. On entend nettement des wagons qui se tamponnent, puis une rame qui s'ébranle. Le cri d'un klaxon traverse, sans hâte, la campagne. Il y a des gens qui vivent, qui se déplacent, à moins d'un kilomètre. Ravinel soulève le capot.

— Passe-moi la lampe électrique.

Elle vient l'apporter, se penche sur le moteur chaud et gras, où le tournevis dérape.

— Dépêche-toi!

Ravinel n'a pas besoin de conseils. Il souffle et s'acharne, dans une vapeur étouffante qui pue l'essence et l'huile. La cuve fragile repose dans sa main. Il va falloir démonter le gicleur, poser quelque part les vis minuscules. Leur sécurité dépend d'un seul de ces petits morceaux de métal. La sueur mouille le front de Ravinel, lui pique le coin des yeux. Il s'assied sur le marchepied, range soigneusement devant lui les fragments du carburateur. Lucienne cale entre des chiffons la lampe électrique et marche sur la route.

— Tu ferais mieux de m'aider, observe Ravinel.

— Ça irait peut-être plus vite, en effet. On n'a pas idée...

— Quoi, on n'a pas idée?

— Mais tu ne réfléchis donc pas que le premier automobiliste venu peut nous demander si nous avons besoin de quelque chose!

— Et alors?

— Alors? Il peut descendre nous donner un coup de main.

Ravinel souffle dans d'infimes tiges de cuivre qui emplissent sa bouche d'une saveur âcre, acide. Il n'entend plus les observations de Lucienne. Il n'entend plus que son sang qui cogne, cogne, tellement il souffle. Enfin il reprend haleine.

— ...la police!

Qu'est-ce qu'elle raconte, Lucienne! Ravinel s'essuie les yeux, la regarde. Elle a peur. Pas de doute! Elle crève de peur! Elle tire son sac à main de l'auto. Du coup, Ravinel se relève, bredouille, le gicleur entre les dents :

— Tu ne vas tout de même pas... me lâcher?

— Écoute donc, imbécile!

Une voiture. Elle vient du Mans. Elle est sur eux avant qu'ils aient pu faire un geste. Ils se sentent nus dans la nappe de clarté qui les cerne d'un trait brillant. La voiture n'est qu'une masse noire qui grandit, ralentit peu à peu.

— C'est grave? crie une voix enjouée.

Ils devinent la forme d'un gros camion. L'homme se penche, à la portière. Le point rouge de sa cigarette est nettement visible.

— Non! dit Ravinel. J'ai fini.

— Parce que si la petite dame veut venir avec moi?

L'homme rigole, agite la main au passage. Le camion s'éloigne, dans le grincement des vitesses passées coup sur coup.

Lucienne se glisse sur le siège, fauchée par l'émotion. Mais Ravinel, lui, est surtout furieux. C'est la première fois qu'elle le traite d'imbécile.

— Tu vas me faire le plaisir de rester tranquille, hein? Et de garder pour toi tes réflexions. Si on en est là, c'est bien de ta faute autant que de la mienne.

A-t-elle vraiment songé à fuir, tout à l'heure? A regagner Le Mans? Comme s'ils n'étaient pas liés l'un à l'autre. Comme si la fuite avait pu la mettre à l'abri, elle toute seule.

Lucienne se tait. A son attitude, il est facile de comprendre qu'elle est décidée à ne plus bouger. Qu'il se débrouille! Et pourtant, c'est un rude travail de remonter un carburateur, presque sans y voir, avec une lampe posée en équilibre sur la boîte d'accus, sur l'essieu ou sur le delco. A chaque instant, les écrous sont sur le point de choir, de rouler dans les graviers. Mais la colère prête aux doigts de Ravinel une sûreté, une adresse, un sens de la manœuvre, qu'il n'a jamais possédés à ce point. Il fait le tour de la voiture, actionne le démarreur. Ça y est! Le moteur tourne, ses quatre temps bien détachés. Alors, par bravade, Ravinel empoigne un des jerrycans, et fait le plein d'essence, sans se presser. Un camion-citerne les dépasse, éclaire violemment l'intérieur de l'auto, le long paquet d'un vert gluant. Lucienne se recroqueville sur la banquette. Tant pis! Il repose l'énorme bidon sur la tôle qui résonne, ferme soigneusement le panneau. En route! Minuit et demi. Ravinel écrase l'accélérateur. Il est presque joyeux. Lucienne a eu peur. Elle a été beaucoup plus effrayée qu'au moment de la baignoire, qu'à aucun autre moment. Pourquoi? Le risque est toujours le même. En tout cas, quelque chose, entre eux, s'est subitement modifié. Elle a failli trahir. Il ne sera plus jamais question de cela, mais Ravinel se promet de la regarder d'une certaine façon, quand elle prendra sa voix coupante.

Le feu rouge du camion-citerne se rapproche. Le camion est doublé, glisse en arrière. Voici la Beauce. Le ciel s'est dégagé. Il est plein d'étoiles qui se déplacent lentement, aux portières. A quoi pensait-elle, quand elle a pris son sac? A sa situation, à son rang? Elle le méprise un peu. Représentant de commerce! Il y a longtemps qu'il a senti cela. On le considère comme un bon gros et on ne se doute pas qu'il saisit la petite nuance. Pas si imbécile que ça!

Nogent-le-Rotrou! Une rue qui n'en finit pas, tortueuse, sonore. Un petit pont et une nappe d'eau noire, qui s'illumine au passage. *Attention — École.* La nuit, il n'y a pas d'école. Ravinel ne ralentit pas. Il aborde la côte qui remonte sur le plateau. Le moteur ronfle merveilleusement.

Nom de Dieu! Des gendarmes. Trois, quatre. Une Citroën arrêtée de biais, formant chicane; des motos sur le bas-côté. Tout cela sans relief, dans une lumière crue qui badigeonne d'un enduit jaune les bottes, les baudriers, les visages. Ils agitent leurs bras. Il faut stopper. Ravinel éteint ses phares. Une brusque envie de vomir le tord, comme là-bas, dans la salle de bains. Il freine dur, machinalement, et Lucienne doit se retenir au tableau. Elle gémit. On ne voit plus rien que le feu rond d'une lampe électrique, qui balaie le capot, se promène sur la carrosserie. Un képi surgit, à la portière. Les yeux du gendarme sont tout près de ceux de Ravinel.

— D'où venez-vous?

— De Nantes. Représentant de commerce.

Ravinel a le temps de penser que cette précision peut les sauver.

— Vous n'avez pas doublé une grande camionnette du côté du Mans?

— Peut-être bien. On finit par ne plus faire attention.

Les yeux du gendarme regardent du côté de Lucienne. Ravinel demande, aussi naturellement que possible :

— Des gangsters?

L'autre jette un coup d'œil par-dessus le siège, éteint sa lampe.

— Des fraudeurs! Ils transportent un alambic.

— Drôle de métier, dit Ravinel. J'aime mieux le mien.

Le gendarme s'écarte et Ravinel démarre doucement, passe devant les hommes alignés, augmente progressivement l'allure.

— Cette fois, j'ai bien cru..., murmure-t-il.

— Moi aussi, fait Lucienne.

C'est à peine s'il reconnaît sa voix.

— Ce qui n'est pas impossible, en tout cas, c'est qu'il ait relevé notre numéro.

— Et alors?

Alors, c'est juste! Quelle importance? Ravinel n'entend pas cacher ce voyage nocturne. Dans un sens, il serait même à souhaiter que le gendarme ait noté son numéro. Ainsi, en cas de nécessité, l'homme pourrait témoigner... Un ennui, toutefois. La présence d'une femme à son côté. Mais comment le gendarme se rappellerait-il?...

L'aiguille de la montre de bord va son train monotone. Trois heures. Quatre heures. Chartres est très loin dans le sud-ouest. On aborde le virage de Rambouillet. La nuit est toujours aussi noire. C'est à dessein qu'ils ont choisi novembre. Mais les voitures, maintenant, se multiplient. Des camions de laitiers, des charrettes, une auto de la poste. Ravinel n'a plus le loisir de méditer. Il surveille la route, les yeux durs. Voici l'entrée de Versailles. La ville dort. Des balayeurs avancent en ligne, derrière un énorme camion aux boulons apparents, comme un tank. La fatigue pèse sur les épaules de Ravinel. Il a soif.

Ville-d'Avray... Saint-Cloud... Puteaux... Des maisons partout. Mais pas encore de lumière derrière les volets clos. Lucienne n'a pas remué le bout des doigts depuis l'incident des gendarmes. Mais elle ne dort pas. Elle regarde droit devant elle, à travers le pare-brise brumeux.

Un trou d'ombre sans fond, la Seine. Et bientôt, les premières villas d'Enghien. Ravinel habite non loin du lac, au bout d'une petite rue, qui ne mène nulle part. Il vire et, aussitôt, débraie, coupe le contact. L'auto continue de rouler, sans bruit, sur sa lancée. Ravinel stoppe sur l'espèce de petit rond-point qui forme l'extrémité de la rue, descend. Il a les mains si raides qu'il n'arrive plus à saisir la clef. Enfin, il pousse les deux vantaux de la grille, fait entrer la voiture, referme en hâte les battants. A droite, l'ombre du pavillon, à gauche, celle du garage, bas et massif, l'air d'un blockhaus. Au bas d'une allée en pente, parmi un bouquet d'arbres, le trait oblique d'un appentis.

Lucienne chancelle, s'accroche à la poignée de la portière. Elle est obligée de remuer les jambes l'une après l'autre, de les plier, tellement elle est ankylosée. Elle a son visage fermé, maussade, des plus mauvais jours. Déjà, Ravinel a soulevé le panneau de la camionnette.

— Un coup de main!

Le paquet est intact. Un pan de la bâche a légèrement glissé, découvrant un soulier racorni par l'eau. Ravinel tire à lui. Lucienne empoigne l'autre bout.

— On y va?

Elle baisse la tête. Hop! L'un derrière l'autre, à demi courbés, ils descendent l'allée, longent les poiriers en espalier, qui font comme une grille. L'appentis est un petit lavoir. Un ruisseau, presque sans courant, effleure le bord de la planche inclinée. Il s'évase jusqu'à un déversoir, dévale en une dérisoire cascade et va se perdre dans le lac, après un immense crochet.

— Ta lampe!

Lucienne reprend le commandement. Le paquet est étendu sur les dalles du lavoir. Ravinel braque sa lampe électrique, tandis que Lucienne commence à développer la bâche. Le corps roule sur lui-même, dans un désordre de vêtements fripés. Sous les cheveux qui ont séché et s'ébouriffent, le visage de Mireille apparaît grimaçant. Il suffit maintenant d'une poussée. Le corps glisse sur la planche, fait refluer une vague qui bat l'autre rive. Encore un peu. Lucienne l'écarte du pied, il s'enfonce. Elle ramasse la bâche, à tâtons, car déjà Ravinel a éteint la lampe. Elle est obligée de l'entraîner. Cinq heures vingt.

— J'ai tout juste le temps, murmure-t-elle.

Ils entrent dans la maison, accrochent à une

patère du vestibule le manteau de voyage et le chapeau de Mireille, déposent son sac sur la table de la salle à manger.

— Dépêche-toi! lance Lucienne qui reprend des couleurs. L'express de Nantes part à 6 h 4. Je ne peux pas me permettre de le manquer.

Ils remontent dans la camionnette. Ravinel sent que, maintenant, il est veuf.

V

Ravinel descendit lentement l'escalier de la gare Montparnasse, acheta un paquet de gauloises vertes à l'entrée du hall, et se rendit chez Dupont. *Chez Dupont tout est bon.* L'enseigne lumineuse tournait au rose anémique dans l'aube mouillée. On apercevait, à travers les larges vitres, une rangée de dos le long du bar et un énorme percolateur, avec des roues, des manettes, des cadrans, qu'un garçon astiquait en bâillant. Ravinel s'assit derrière une porte, se détendit. Combien de fois, à cette même heure, ne s'était-il pas ainsi arrêté? Il faisait un crochet par Paris pour ne pas arriver trop tôt, pour ne pas réveiller Mireille. Un matin semblable aux autres...

— Un noir... et trois croissants.

C'est bien simple : il était comme un convalescent. Il avait conscience de ses côtes, de ses coudes, de ses genoux, de chaque muscle. Au moindre mouvement, une onde de fatigue le parcourait. Il y avait dans sa tête une matière brûlante qui battait, qui pesait sur ses yeux, qui desséchait la peau de son visage et la tendait douloureusement sur ses pommettes et le long des mâchoires. Pour un peu, il se serait endormi sur sa chaise, dans la moiteur bruyante du café. Et pourtant, le plus difficile restait à faire. Il lui fallait maintenant découvrir le cadavre. Mais il avait tellement sommeil! Tout le monde le croirait écrasé de chagrin. En un sens, son épuisement le servirait.

Il étala de l'argent sur la table, trempa un croissant. Il trouva au café un goût de bile. A la réflexion, l'incident du gendarme perdait toute importance, même si l'homme signalait la présence d'une femme dans la voiture. Cette femme, c'était une inconnue qui faisait de l'auto-stop. Il l'avait rencontrée à la sortie d'Angers. Elle était descendue à Versailles. Aucun rapport avec la mort de Mireille... Et puis, qui songerait à enquêter sur son voyage de retour? En admettant même qu'on le soupçonne un moment, c'est seulement son alibi qu'on chercherait à contrôler. Ravinel n'avait pas quitté la région nantaise. Trente témoins l'attesteraient. On pourrait vérifier son emploi du temps heure par heure, ou presque. Pas un trou. Le mercredi 4 — car l'autopsie permettrait de préciser la date, sinon l'heure précise de la mort — le mercredi 4?... Attendez donc! J'ai passé la soirée à la *Brasserie de la Fosse*. J'y suis resté jusqu'à minuit passé. Interrogez Firmin, le garçon, il se rappellera certainement. Et le 5 au matin, j'ai bavardé avec... Mais pourquoi remuer une fois de plus toutes ces pensées? Lucienne le lui avait encore répété avant de monter dans son train. La version de l'accident s'imposera. Un étourdissement, la chute dans le ruisseau, la suffocation immédiate... Cela se voit tous les jours. Évidemment, Mireille portait des vêtements de ville. Donc qu'allait-elle faire au lavoir? Mais les raisons ne manquent pas, qui peuvent amener une femme à descendre à son lavoir. Du linge qu'on croit avoir oublié, ou un morceau de savon... Personne, d'ailleurs, ne se poserait de telles questions. Et si quelqu'un préfère le suicide, libre à lui. Les deux années sont maintenant écoulées, ces deux années avant lesquelles l'Assurance n'accepte pas...

Sept heures moins dix. Allons! Il fallait y aller. Ravinel ne put se résoudre à manger son dernier croissant. Les deux autres formaient encore dans sa bouche une bouillie grasse, écœurante, qu'il ne parvenait pas à avaler. Il hésita au bord du trottoir. Autobus et taxis filaient dans tous les sens. Une foule d'employés, de petites gens de banlieue, sortait en courant de la gare. Le bruit des pneus, le bruit des pieds. Un jour bas, plombé, malade. Toute la désolation de Paris à l'aube. Allons! Il fallait y aller.

La camionnette était garée tout près des bureaux de location de la gare. Il y avait, comme à un étalage, une grande carte de France, semblable à une main ouverte, et des lignes, de haut en bas, Paris-Bordeaux, Paris-Toulouse, Paris-Nice... Lignes de chance, lignes de vie. La fortune! Le destin! Ravinel se dégagea en marche arrière. Il faudrait aviser la Compagnie le plus tôt possible. Envoyer un télégramme à Germain. Il y aurait à régler la question des obsèques. Mireille aurait voulu quelque chose de bien et la cérémonie à l'église, sans aucun doute... Ravinel conduisait comme un automate. Il connaissait tellement les rues, les boulevards... et la circulation n'était pas encore très active... Elle n'était pas croyante, Mireille, mais enfin elle allait à la messe. De préférence à la grand-messe, à cause des orgues, des chants, des toilettes. Et elle ne manquait pas un sermon du père Riquet, à la radio, pendant le Carême. Elle ne comprenait pas toujours, mais elle trouvait qu'il prononçait bien. Et puis, un déporté!... La porte de Clignancourt. Quelque chose de rose essayait de percer dans le ciel... Si l'âme existait cependant? On dit que les morts nous voient. Mireille le voyait peut-être, en ce moment même. Alors, elle savait qu'il n'avait pas agi par méchanceté. Ridicule!... Et rien de noir à se mettre sur le dos. Il faudrait courir chez le teinturier, demander à une voisine de coudre un crêpe. Lucienne, elle, attendrait bien tranquillement à Nantes. Pas juste!

Ravinel cessa de penser, parce qu'il y avait, devant lui, une vieille Peugeot qui refusait de se laisser doubler. Il la dépassa d'instinct, un peu avant Épinay, mais ralentit aussitôt. « Voyons! J'arrive de Nantes. J'ignore que ma femme est morte. » C'était bien cela le plus difficile. J'ignore...

Enghien. Il stoppa devant un bureau de tabac.

— Bonjour, Morin.

— Bonjour, m'sieur Ravinel... Vous n'êtes pas en avance, dites donc! Il me semble que, d'habitude, je vous vois passer plus tôt que ça.

— C'est le brouillard qui m'a retardé. Un sacré brouillard! Surtout du côté d'Angers.

— Moi! S'il fallait que je conduise toute une nuit!...

— Simple question d'entraînement. Donnez-moi donc des allumettes... Rien de neuf, dans le pays?

— Non, rien. Que voulez-vous qu'il arrive de neuf, ici?

Ravinel sortit. Plus moyen de différer. Si encore il n'était pas seul, comme tout paraîtrait plus simple et moins redoutable! Et puis, ce serait précieux quelqu'un qui confirmerait... Ah! Sapristi! Le père Goutre. Pour une chance!

— Comment ça va, m'sieur Ravinel?

— On se défend... Je suis bien content de vous rencontrer. Je voulais justement vous voir.

— Qu'est-ce qu'il y a pour votre service?

— Il y a mon appentis qui ne tient plus. Un de ces jours, il va nous tomber dessus. Comme dit ma femme : « Tu devrais en parler au père Goutre. »

— Ah! Votre petit lavoir du bout.

— Oui, Vous avez bien une minute?... Allons! Un coup de muscadet, pour bien commencer la journée.

— C'est que... faut que j'aille à mon chantier.

— Du muscadet de Basse-Goulaine. Pris chez le propriétaire. Vous m'en direz des nouvelles.

Goutre se laissa pousser dans l'auto.

— Rien qu'une minute, hein! Tailhade m'attend.

Ils parcoururent quelques centaines de mètres en silence, entre des villas compliquées. Ravinel stoppa devant la grille qu'ornait une plaque émaillée : *Le Gai Logis.* Il donna un long coup de klaxon.

— Non. Non. Ne descendez pas. Ma femme va nous ouvrir.

— Elle n'est peut-être pas levée, dit Goutre.

— A cette heure-ci, vous plaisantez. Et surtout un samedi.

Il essaya de sourire et appuya de nouveau sur le klaxon.

— Les volets sont encore fermés, observa Goutre.

Ravinel sortit de la camionnette, appela :

— Mireille!

Goutre, à son tour, descendit.

— Elle est peut-être déjà au marché.

— Ça m'étonnerait. D'autant que je lui ai annoncé mon retour. Je la préviens toujours, quand je le peux.

Ravinel ouvrit. Les nuages s'effilochaient, découvrant du bleu, par des trouées mobiles.

— L'été de la Saint-Martin, dit Goutre. — Et il ajouta : Votre grille s'abîme, m'sieur Ravinel. Elle aurait besoin d'un bon coup de minium.

Il y avait un journal engagé dans la boîte aux lettres. Ravinel le retira et amena une carte postale, dont le coin était pris dans la bande.

— Ma carte, murmura-t-il, Mireille n'est pas là. Elle a dû aller chez son frère. Pourvu qu'il ne soit rien arrivé à Germain. Il n'est pas très costaud, depuis la guerre.

Il marcha vers le pavillon.

— Je me débarrasse et je vous rejoins. Vous connaissez le chemin.

La maison sentait le renfermé, l'humidité. Ravinel alluma le lustre du corridor, un lustre muni d'un abat-jour en soie rose, avec des glands. Mireille l'avait confectionné elle-même, d'après un modèle trouvé dans *Modes et Loisirs*. Goutre demeurait planté devant le perron.

— Marchez! Marchez! cria Ravinel. Je vous rattrape.

Il s'attardait dans la cuisine, laissait prendre de l'avance à Goutre, et l'autre, de loin, lançait :

— Elles sont belles, vos scaroles. Vous avez eu la main heureuse.

Ravinel sortit, laissant la porte ouverte. Il alluma une cigarette pour se donner une contenance. Goutre arrivait au lavoir. Il entra, et Ravinel s'arrêta au milieu de l'allée, incapable de faire un pas de plus, incapable même de respirer, et un peu de fumée lui sortait par le nez.

— Oh! M'sieur Ravinel!

Goutre l'appelait et Ravinel ordonnait en vain à ses jambes de se mettre en marche. Faudrait-il crier, pleurer? Ou bien s'accrocher à Goutre, comme un homme assommé? Goutre parut, à l'entrée du lavoir.

— Dites donc, vous avez vu?

Ravinel s'aperçut soudain qu'il courait

— Quoi? Qu'est-ce que c'est?

— Oh! Ce n'est pas la peine de faire cette tête-là. C'est réparable. Regardez!

Il désignait un point de la charpente et, du bout de son mètre pliant, il écorchait le bois.

— Pourri! Pourri jusqu'à l'os. Le chevron est à changer sur toute la longueur.

Ravinel, le dos au ruisseau, n'osait se retourner.

— Oui, oui... Je vois... Complètement... pourri...

Il bafouillait.

— Il y a aussi... la planche... au bord...

Goutre pivota, et Ravinel cessa de voir le chevron. La charpente, avec ses grosses poutres, se mit à tourner comme les rayons d'une roue, lentement, d'une manière écœurante. « Je vais m'évanouir », pensa-t-il.

— Le ciment est bon, observait Goutre, de sa voix la plus naturelle. La planche, évidemment... Qu'est-ce que vous voulez? Tout s'use!

« L'imbécile! » Au prix d'un effort épuisant, Ravinel fit face, et lâcha sa cigarette. Le ruisseau s'arrondissait devant le lavoir. On voyait distinctement les cailloux du fond, un cercle de barrique, rouillé, de minces herbes étirées, et le rebord du déversoir où l'eau se glaçait de lumière avant de couler. Goutre palpait la planche, se redressait, jetait dans le lavoir un coup d'œil circulaire et Ravinel regardait, lui aussi, regardait partout, voyait, en face de lui, un champ couvert d'une herbe pauvre, l'aspect d'un terrain vague et, à ses pieds, les tréteaux servant à la lessive, le foyer plein de cendres noires et le ciment nu, vide, désert, le ciment sur lequel ils avaient déroulé la bâche, deux heures plus tôt.

— Votre cigarette, dit Goutre.

Il la tendait à Ravinel tout en se battant le jarret de son mètre.

— A vrai dire, continuait-il, la tête levée, toute la toiture serait à fiche en l'air. Seulement, moi, à votre place, je collerais tout bonnement une bonne plaque de fibrociment.

Ravinel observait le ruisseau, au-delà du déversoir. En admettant même que le courant eût entraîné le corps — ce qui, déjà, était inadmissible — celui-ci se fût inévitablement trouvé coincé dans le goulet

— Avec vingt billets, vous en verrez la farce Mais vous avez bien fait de me prévenir. Il est grand temps de s'y mettre. Autrement, votre dame risquerait de tout recevoir sur la tête... Qu'est-ce qu'il y a, m'sieur Ravinel? Vous avez l'air tout chose.

— Non... La fatigue... Toute une nuit au volant!

Goutre prenait des mesures, notait des chiffres sur une enveloppe avec un grand crayon plat.

— Voyons, demain, c'est dimanche... Lundi, j'ai des réparations à faire chez Véroudis... Mardi! Je peux vous envoyer un ouvrier dès mardi... Mme Ravinel sera là?

— Je ne sais pas, dit Ravinel. Je pense, oui... **Ou** plutôt non... Enfin, ça dépendra... Je passerai vous le dire, hein?

— Comme vous voudrez.

Ravinel aurait voulu s'étendre sur son lit, fermer les yeux, ressaisir sa pensée. Il devait y avoir quelque chose à faire, à comprendre, à imaginer. Ce n'était pas possible... Non! Et l'autre qui bourrait tranquillement une pipe, qui se penchait sur les salades, qui examinait les poiriers en hochant la tête.

— Vous ne les fumez jamais?... Vous avez peut-être tort! Chaudron me racontait hier... et encore, non... c'était jeudi... Non, je dis bien, c'était hier...

Ravinel avait envie de se mordre les poings, **de** crier, de supplier Goutre de partir.

— Continuez, père Goutre. Je vous rejoins.

Il lui fallait absolument revenir dans ce lavoir **nu** comme la main, regarder encore. Il y a des hallucinations qui vous font voir des choses qui n'existent pas. Peut-être y a-t-il des hallucinations qui provoquent l'effet inverse? On ne voit pas ce qu'on devrait voir. Mais non! Ravinel ne rêvait pas. Un rayon de soleil, oblique et sans chaleur, frappait le bord du lavoir, éclairait les moindres détails du fond. Les cailloux ne semblaient même pas avoir été déplacés. A croire que le cadavre avait été déposé dans un autre lavoir, absolument identique à celui-là, mais situé ailleurs, dans un pays de cauchemar, dont il serait impossible de retrouver le chemin. Goutre devait s'impatienter, ce Goutre de malheur... Ravinel, trempé de sueur, remonta l'allée. Goutre l'attendait, assis dans la cuisine. Un monde! Il était assis, sa casquette près de lui, sur la table, et il classait des paperasses **en** mouillant son pouce de salive.

— Prenez votre temps, m'sieur Ravinel. Je pensais au fibrociment, mais, à la réflexion, peut-être que la tôle ondulée...

Ravinel songea brusquement au muscadet. Parbleu! Il s'incrustait à cause du muscadet.

— Une seconde, père Goutre. Je descends à la cave.

Il allait l'avoir, bon Dieu, son muscadet, et il filerait ensuite, ou bien... Ravinel serrait les poings. Un bouleversement sans nom le secouait, comme un spasme. A la porte de la cave, il s'arrêta, saisi. La cave!... Mais pourquoi aurait-il trouvé Mireille dans la cave? Qu'est-ce que c'était que cette terreur idiote? Il alluma l'électricité. La cave était déserte, évidemment! Ravinel, pourtant, ne s'y attarda pas. Il cueillit une bouteille dans un casier, remonta précipitamment. Il ne pouvait plus s'empêcher de faire du bruit, claquant les portes du buffet en prenant les verres, heurtant la bouteille au bord de la table. Ses mouvements ne s'ajustaient plus. Il faillit casser le goulot, en retirant le bouchon.

— Faites le service, père Goutre. Mes mains tremblent... Huit heures de voiture dans les poignets...

— Ce serait dommage d'en renverser, dit Goutre, l'œil allumé.

Il emplit les deux verres, lentement, en connaisseur, se leva pour rendre les honneurs au muscadet.

— A la bonne vôtre, m'sieur Ravinel. Et à la santé de votre dame... J'espère que votre beau-frère n'est pas malade. Quoique avec cette humidité!... Moi, c'est ma jambe.

Ravinel se jeta le vin blanc au fond du gosier, d'un seul coup, remplit son verre, le vida, deux fois, trois fois

84

— Eh bien, fit Goutre, à la bonne heure! On voit que vous avez l'habitude.

— Quand je suis éreinté, ça me retape!

— Oh! ça, dit Goutre, ça retaperait un mort.

Ravinel se retint à la table. La tête lui tournait sérieusement, cette fois.

— Père Goutre, je m'excuse, mais il faut... Mon temps est compté... Je ne m'ennuie pas avec vous, mais vous savez ce que c'est...

Goutre remit sa casquette.

— Bon, bon! Je me sauve. D'ailleurs, on m'attend au chantier pour commencer.

Il inclina la bouteille pour lire l'étiquette *Muscadet supérieur — Basse-Goulaine*.

— Vous ferez mon compliment à celui qui a récolté ce petit vin-là, m'sieur Ravinel. C'est pas le premier venu, pouvez me croire.

Il y eut encore, sur le seuil, quelques échanges de politesse, puis Ravinel referma la porte, donna un tour de clef, se traîna dans la cuisine, et vida le reste du muscadet. « Pas possible! », murmurait-il. Il était parfaitement lucide, mais lucide comme un homme endormi : on voit une porte, on la touche, on sait qu'elle existe et cependant on passe à travers, on sent qu'on passe à travers, on éprouve à l'intérieur du corps la dureté des fibres du bois, et on trouve cela tout naturel. Le réveil, sur la cheminée, allait son train menu, rappelant le bruit d'un autre réveil, là-bas, dans la salle à manger de Nantes.

— Pas possible!

Ravinel se redressa, passa dans la salle à manger. Le sac de Mireille était toujours là. Et dans le vestibule non plus, le manteau n'avait pas bougé, ni le chapeau. Ils étaient toujours suspendus à la

85

patère. Il monta au premier étage. Le pavillon était vide, rigoureusement, totalement vide, et silencieux. Alors, Ravinel s'aperçut qu'il tenait la bouteille vide par le goulot, comme une massue. Il avait peur, jusque dans les moelles. Il posa la bouteille sur le plancher, doucement, comme si le moindre bruit eût été désormais interdit. Il ouvrit son secrétaire, en évitant de le faire grincer. Le revolver était toujours là, enveloppé d'un chiffon gras. Il l'essuya, tira sur la culasse, pour amener une balle dans le canon. Il y eut un déclic, et Ravinel se retourna. Ce fut plus fort que lui. Qu'allait-il imaginer? Et ce revolver, à quoi servirait-il? Est-ce qu'on tue les revenants à coups de revolver? Il soupira, glissa l'arme dans la poche de son pantalon. C'était peut-être ridicule, mais il se sentait un peu rassuré. Il s'assit au bord du lit, les mains croisées entre ses genoux. Par où commencer? Le corps de Mireille n'était plus dans le ruisseau, voilà tout. L'évidence du fait commençait à se faire jour dans son esprit. Ni dans le ruisseau, ni dans le lavoir, ni dans la maison. Nom de... Il avait oublié de visiter le garage.

Ravinel dégringola l'escalier, traversa l'allée et ouvrit le garage. Rien! C'en était même comique. Le garage ne contenait que trois ou quatre bidons d'huile, et des chiffons pleins de cambouis. Une autre idée vint à Ravinel. Il longea l'allée, lentement. Ses empreintes et celles de Goutre étaient nettement visibles, mais il n'y avait qu'elles. Ravinel ne savait d'ailleurs pas bien ce qu'il cherchait, ce qu'il pensait. Il cédait à de brusques impulsions parce qu'il fallait agir, faire quelque chose. Désespéré, il regarda autour de lui. A droite comme à gauche s'étendaient des terrains non bâtis. Ses voisins les plus immédiats ne pouvaient voir, de la rue, que la façade du *Gai Logis*. Ravinel revint dans la cuisine. Enquêter à la ronde? Dire : « J'ai tué ma femme... Vous n'auriez pas trouvé son cadavre? » C'était bouffon! Lucienne?... Mais Lucienne était dans le train. Impossible de l'avoir au téléphone avant midi. Retourner à Nantes?... Sous quel prétexte? Et si le corps était découvert quelque part au cours de la journée? Comment justifier ce départ, cette fuite?

Le cercle! Le cercle infernal. Impossible de bouger. Impossible de savoir. Ravinel consulta le réveil. Dix heures! Il fallait passer boulevard de Magenta chez Blache et Lehuédé. Ravinel referma soigneusement la porte de la maison, grimpa dans sa voiture, reprit la route de Paris. Le temps était doux, léger. Ce début de novembre avait des grâces de printemps. Une 203 croisa Ravinel. Ses passagers avaient replié la capote. Ils riaient, les cheveux au vent, et Ravinel se sentit faible, vieux, coupable. Il en voulait à Mireille. Elle venait de le trahir, méchamment. Elle avait réussi, du premier coup, là où il échouait depuis toujours : elle avait franchi la mystérieuse frontière; elle était de l'autre côté, invisible, insaisissable, comme un fantôme, comme une de ces fumerolles de brouillard, qui montaient de la route. On peut être à la fois mort et vivant. Il avait souvent senti cela. Oui, mais, le corps?

Ses idées se télescopaient. Il avait sommeil. Un autre que lui tenait les commandes, manœuvrait infailliblement, reconnaissait les rues, les carrefours. La voiture sembla s'arrêter d'elle-même devant le magasin.

Du boulevard de Magenta, l'auto l'emmena vers le centre, du côté du Louvre. Un coin où il ne venait presque jamais. Seulement, aujourd'hui, il n'était plus tout à fait maître de ses décisions. Il calculait, s'embrouillait dans les chiffres... Voyons, le train arrivait à 11 h 20... ou à 11 h 40... Le voyage dure cinq heures... donc 11 h 10... Et l'hôpital est à cinq minutes de la gare. Lucienne devait y être, maintenant. Il s'arrêta devant un petit café-restaurant.

— Monsieur déjeune?

— Oui, si vous voulez.

— Comment, si je...

Le garçon regarda ce client mal rasé, qui se passait la main sur les yeux. Il y en a, quand même, qui font une drôle de noce!

— Le téléphone?

— Au fond, à droite

— Est-ce qu'on peut avoir l'inter?

— Adressez-vous à la caisse.

La porte de la cuisine battait sans arrêt, derrière Ravinel. « Trois hors-d'œuvre!... Et envoyez l'entre-côte! » La ligne grésillait. A peine si la voix de Lucienne était reconnaissable. Elle venait de loin, de si loin que c'en était accablant. Et pas moyen de parler net, dans ce tohu-bohu.

— Allô!... Allô, Lucienne?... Oui, c'est moi, Fernand... Elle a disparu... Mais non, on n'est pas venu la chercher... Elle a disparu... Elle n'était plus là, ce matin...

Quelqu'un, dans son dos, qui attend la place, et qui se repeigne devant la glace du lavabo.

— Lucienne! Allô, tu m'entends?... Il faut que tu reviennes... Ton accouchement? Je m'en fous... Non, je ne suis pas malade... et je n'ai pas bu... Je sais ce

88

que je dis... Non! Aucune trace... Comment?... Enfin, tu n'imagines tout de même pas que j'inventerais une histoire pareille pour te faire revenir... Quoi?... Bien sûr, j'aurais préféré. Enfin, si tu ne peux absolument pas partir ce soir... Alors, à demain, midi quarante... Hein! Que je retourne là-bas... Regarder? Où veux-tu que je regarde?... Moi non plus, je ne comprends pas... Oui! Entendu. A demain.

Ravinel raccrocha, vint s'asseoir près d'une fenêtre. Elle était excusable, Lucienne. Si on lui avait téléphoné la nouvelle, à lui, Ravinel, est-ce qu'il l'aurait crue? Il mangea machinalement, reprit l'auto. De nouveau, la porte de Clignancourt, la route d'Enghien. Lucienne avait raison. Autant retourner là-bas, chercher encore et, faute de mieux, se faire voir des voisins. Gagner du temps. Surtout, avoir l'air normal, comme si l'on n'avait rien à se reprocher.

Ravinel ouvrit la porte. Toujours fermée à clef. Il fut vaguement déçu. Qu'attendait-il? A vrai dire, il n'attendait plus rien. Il voulait le calme, la paix, l'oubli. Il avala un cachet, monta dans la chambre, s'enferma, posa son revolver sur la table de nuit, et s'endormit sur le lit, sans même se déshabiller. Il sombra aussitôt dans un sommeil de brute.

VI

Ravinel s'éveilla vers cinq heures, courbaturé, l'estomac lourd, le visage bouffi, les mains moites. Mais quand il se posa la question : « Qu'est devenu le corps? », la réponse vint, immédiate, évidente : « Le corps a été volé. » Et, sur le moment, Ravinel se sentit un peu tranquillisé. Il se leva, se débarbouilla soigneusement à l'eau froide, se rasa sans trop de nervosité. On l'avait volé, pardi! C'était grave, très grave, mais enfin, le danger changeait de nature. On s'arrange, avec un voleur. Il suffit d'y mettre le prix.

Les dernières fumées du sommeil achevaient de se dissiper dans sa tête. Il reprenait contact avec la chambre, les meubles, la vie. Il éprouvait ses jambes : elles étaient solides. La maison l'entourait, familière, amicale, sans mystère. Voyons, avec un peu de sang-froid, c'est bien le diable si... On l'avait volé, quoi!... Pas à sortir de là.

Mais, à mesure qu'il examinait cette idée de plus près, des doutes apparaissaient, de plus en plus nombreux. Voler un cadavre? Pour quoi faire? Et quels risques pour le voleur! Ses voisins immédiats, ils les connaissaient bien : à droite, en sortant, Bigaux, employé à la S.N.C.F., cinquante ans, le type même du petit bonhomme effacé. Son travail, son jardin. sa belote. Jamais un mot plus haut que l'autre. Bigaux cachant un cadavre! C'était grotesque. Et sa femme avait un ulcère à l'estomac. On l'aurait renversée rien qu'en soufflant dessus... A gauche, Poniatowski, comptable dans une fabrique de meubles, divorcé, presque jamais là. On disait même qu'il avait l'intention de vendre son pavillon... D'ailleurs, ni Bigaux, ni le comptable n'auraient pu être témoins de la scène du lavoir. Admettre qu'ils aient découvert le corps après coup? Mais il n'y avait pas d'accès au ruisseau. A moins d'emprunter les terrains vagues ou le pré d'en face. Enfin, pourquoi s'emparer du cadavre, si on ignorait le crime?.. Car il n'y avait qu'une explication au vol . le chantage. Mais nul n'est au courant de la police d'assurance. Alors? Est-ce qu'on fait chanter un représentant de commerce? Tout le monde sait que Ravinel gagne honnêtement sa vie, sans plus... Il est vrai que certains maîtres chanteurs se contentent de peu. Un petit fixe... une rente. Tout de même!... Sans parler du cran nécessaire. Savoir si le premier venu est capable de s'improviser voleur de cadavre. Ravinel, lui, n'aurait certainement pas eu le courage.

Il agitait toutes ces hypothèses sans former un raisonnement bien net, et le sentiment de son impuissance, de nouveau, l'accablait. Non, le cadavre n'avait pas été volé. Et pourtant le cadavre n'était plus là. Donc, on l'avait volé. Mais il n'y avait aucune raison pour qu'on l'ait volé. Ravinel sentit une petite douleur dans sa tempe gauche, et se massa le front. Pas le droit de tomber malade en un moment pareil. Mais que faire, bon Dieu, que faire?

Il tournait dans la chambre, se mordillant les joues, écrasé par la solitude. Il n'eut même pas la force de retaper la couverture du lit, toute froissée, de vider le lavabo plein d'eau grise, de ramasser la bouteille oubliée, qu'il se contenta de pousser sous une armoire, du bout du pied. Il prit son revolver, descendit l'escalier. Où aller? A qui s'adresser? Il ouvrit la porte. La nuit commençait de tomber. De longues traînées roses s'étiraient dans le ciel, et un avion bourdonnait quelque part. Un soir banal et solennel, qui gonflait le cœur de chagrin, de rancune, de regrets. Un soir comme celui de sa première rencontre avec Mireille, sur le quai des Grands-Augustins, tout près de la place Saint-Michel. Il fouillait dans la boîte d'un bouquiniste. Elle était là, feuilletant un livre... Des lumières s'allumaient autour d'eux, et l'on entendait le sifflet de l'agent, devant le pont. Idiot de se rappeler ces choses. Ça fait mal!

Ravinel marcha jusqu'au lavoir. Le ruisseau écumait un peu, sous le déversoir, remuant des reflets roussâtres. Une chèvre bêla dans le pré, sur l'autre rive, la chèvre du facteur. Ravinel éprouva un petit choc. La chèvre du facteur... Tous les matins, la petite l'amenait, l'attachait par une longue corde à un piquet. Tous les soirs, elle venait la chercher. Est-ce que...?

Il était veuf, le facteur. Il n'avait pas d'autre enfant. La fillette s'appelait Henriette. Elle restait, le plus souvent, à la maison, parce qu'elle était un peu simple d'esprit. Elle faisait la cuisine, le ménage. Elle se débrouillait bien pour ses douze ans.

— Je voudrais un renseignement, mademoiselle.

Personne ne l'appelait mademoiselle. Intimidée, elle n'osait faire entrer Ravinel, et lui, gêné, essayait de rattraper sa respiration parce qu'il avait couru, ne savait plus par où il devait commencer.

— Est-ce vous qui avez conduit la chèvre dans le pré, ce matin?

La fillette rougit, tout de suite alarmée.

— Qu'est-ce qu'elle a fait?

— J'habite en face... Le *Gai Logis*... Le petit lavoir est à moi.

Comme elle louchait un peu, il regardait chacun de ses yeux, tour à tour, essayant de prévenir le mensonge possible.

— Ma femme avait laissé des mouchoirs à sécher... Un coup de vent a dû les emporter.

C'était un prétexte saugrenu, ridicule, mais il était trop las pour se montrer subtil.

— Ce matin... Vous n'avez rien vu flotter devant le lavoir?

Elle avait une longue figure étroite, entre deux nattes raides, et deux dents débordaient, bien que sa bouche fût fermée. Ravinel sentait vaguement qu'il y avait quelque chose de pathétique dans leur rencontre.

— Vous attachez votre chèvre tout près du ruisseau. Vous n'avez jamais l'idée de regarder du côté du lavoir?

— Si.

— Eh bien, essayez de vous rappeler. Ce matin...

— Non... Je n'ai rien vu.

— A quelle heure êtes-vous allée dans le pré?

— Je ne sais pas.

Un grésillement s'éleva, au fond du couloir. Elle rougit davantage et tortilla son tablier.

— C'est la soupe, dit-elle. Est-ce que je peux aller voir?

— Mais oui... Courez vite.

Elle se sauva et il entra dans le corridor, pour se dissimuler aux yeux des voisins. Il apercevait un coin de la cuisine, des serviettes étendues sur des cordes. Il aurait mieux fait de partir. Ce n'était pas très beau d'interroger ainsi cette gamine.

— C'était bien la soupe, dit Henriette. Elle a coulé dans le feu.

— Beaucoup?

— Non. Pas trop... Peut-être que papa ne sentira rien.

Ses narines s'étaient un peu pincées. Elle avait des taches de rousseur autour du nez, comme Mireille.

— Il gronde? dit Ravinel.

Aussitôt, il regretta le mot, comprenant que la petite, malgré ses douze ans, devait avoir une expérience de vieille femme.

— A quelle heure vous levez-vous?

Elle fronçait les sourcils, tirait sur ses nattes. Peut-être cherchait-elle ses mots.

— Il fait encore nuit, quand vous vous levez?

— Oui.

— Vous allez tout de suite conduire votre chèvre?

— Oui.

— Vous ne vous promenez pas un peu dans le pré?

— Non.

— Pourquoi?

Elle s'essuya les lèvres d'un revers de main, bredouilla quelque chose en tournant la tête.

— Hein?

— J'ai peur.

94

A douze ans, lui aussi avait peur, quand il se rendait à l'école. L'obscurité moite, le crachin, les rues étroites, vers Recouvrance, et encombrées de poubelles. Il croyait toujours qu'on marchait derrière lui. Alors, s'il avait dû conduire une chèvre dans un pré... Il regardait la vieille petite figure déjà rongée par le scrupule et la crainte. Il voyait, soudain, le petit Ravinel, cet inconnu dont personne ne lui avait jamais parlé, auquel il n'aimait pas penser, mais qui l'accompagnait toujours, comme un témoin, et il ne trouvait plus rien à dire. S'il avait vu, lui, quelque chose flotter sur l'eau...

Pas moyen de savoir. C'était comme un secret entre eux.

— Il n'y avait personne dans le pré?

— Non... Je ne crois pas.

— Et dans le lavoir... Vous n'avez vu personne?

— Non.

Il trouva dans sa poche une pièce de dix francs, ouvrit la main de la fillette.

— Pour vous.

— Il me la prendra.

— Non. Vous trouverez bien un endroit pour la cacher.

Elle secoua pensivement la tête, puis ferma les doigts, sans conviction.

— Je reviendrai vous voir, promit Ravinel.

Il fallait bien s'en aller sur un mot confiant, sur une impression d'optimisme, faire comme s'il n'y avait ni chèvre ni lavoir. Ravinel sortit, se heurta au facteur, un petit homme sec, qui portait sa boîte en se cambrant, comme une femme enceinte.

— Bonjour, patron... Vouliez me voir? dit le facteur C'est pour votre pneumatique, au moins.

— Non. Je... J'attends une lettre recommandée...
Un pneumatique, dites-vous?

L'autre l'observait, sous son képi à la visière
cassée.

— Oui. J'ai sonné, mais personne n'a ouvert.
Alors, je l'ai glissé dans la boîte. Elle est absente,
la bourgeoise?

— Elle est à Paris.

Rien ne l'obligeait à répondre, mais il était humble,
maintenant. Il avait à se concilier trop de monde.

— Salut! dit le facteur qui entra et claqua la
porte.

Un pneumatique? Pas de chez Blache et Lehuédé,
tout de même, il en revenait. Germain, peut-être?
Bien peu probable. A moins que le pneu ne soit
adressé à Mireille.

Ravinel revenait chez lui, en suivant les rues
éclairées. Il faisait presque froid, tout d'un coup,
et les pensées circulaient plus vite dans sa tête.
La fille du facteur n'avait rien vu, ou, si elle avait
vu quelque chose, elle n'avait pas compris, et si
même elle avait compris, elle se tairait. Tout le
monde connaissait Mireille. Si quelqu'un avait découvert son corps, il aurait prévenu, sans aucun doute.

Mais il y avait le pneumatique. C'était peut-être
le voleur qui écrivait, pour dicter ses conditions.

L'enveloppe reposait dans la boîte, couchée de
biais. Ravinel vint la regarder sous la lampe de la
cuisine. *Monsieur Fernand Ravinel*. Cette écriture!...
Il ferma les yeux, compta jusqu'à dix, songea qu'il
était peut-être malade, sérieusement malade. Ses
yeux se rouvrirent, se fixèrent sur la suscription.
Troubles de la mémoire... de la personnalité. Il
avait appris cela, autrefois, en philo, dans le vieux

bouquin de Malapert... Les personnalités alternantes, la schizophrénie... Ce n'était pas l'écriture de Mireille. Bon Dieu! quoi! ce ne pouvait pas être son écriture.

L'enveloppe était soigneusement collée. Il chercha dans le tiroir du buffet, prit le couteau à découper. Il le tenait comme une arme en marchant vers la table, sur laquelle reposait l'enveloppe mauve, parmi les miroitements de la toile cirée. La pointe du couteau chercha en vain une fissure. Alors, Ravinel éventra la lettre, d'un geste sauvage, la lut une fois, d'un trait, sans comprendre.

> *Chéri,*
>
> *Je suis obligée de m'absenter deux ou trois jours. Mais ne t'inquiète pas. Rien de grave. Je t'expliquerai. Tu trouveras des provisions dans le garde-manger de la cave. Finis le pot de confitures entamé avant d'en ouvrir un autre, et n'oublie pas de bien fermer le robinet du gaz quand tu n'as plus besoin du fourneau. Tu n'y penses jamais. A bientôt!*
>
> *Je t'embrasse comme tu aimes, mon gros loup.*
>
> Mireille.

Ravinel relut, plus lentement, puis recommença. Une erreur de la poste. Mireille avait dû s'absenter au début de la semaine. Il chercha le cachet, sur l'enveloppe. *Paris, 7 novembre, 16 heures.* Le 7 novembre, c'était... C'est aujourd'hui! Parbleu, pourquoi pas? Mireille était à Paris, évidemment. Quoi de plus normal! Quelque chose se noua dans sa gorge. Il riait, il riait comme on vomit. Des larmes lui troublaient les yeux et, soudain, à toute volée, il lança le couteau à travers la cuisine. La lame se planta tout droit dans la porte, vibrant comme une flèche, et Ravinel resta

97

saisi, la bouche ouverte, la figure tordue; puis le plancher bascula, sa tête sonna sur le sol et il demeura immobile, entre la table et le fourneau, une salive épaisse au coin des lèvres.

Sa première pensée, au bout d'un temps probablement très long, fut qu'il allait mourir. A la réflexion, il lui parut même qu'il devait être mort. Il émergeait peu à peu d'une espèce de fatigue confuse. Il flottait; il était léger, comme privé de densité. Il se divisait, comme un mélange d'huile et d'eau qui se sépare en deux couches. Dans une partie de lui-même, il éprouvait une délivrance, un soulagement infini, et, dans une autre, il était encore pesant, chaotique, épais, collant. Un petit effort; il allait crever une mince paroi, ouvrir les yeux ailleurs. Mais ses yeux ne lui appartenaient plus. Il y avait une transmission qui n'arrivait pas à jouer. Et puis, soudain, il eut conscience d'une étendue blême. Les limbes. Il était enfin libéré. Il se retrouvait intact; ce n'était pas net dans son esprit... il était semblable à une matière très fluide qui peut recevoir n'importe quelle forme... Une âme... Il était devenu une âme. Il pourrait tout recommencer... Recommencer quoi? La question n'avait, pour le moment, aucune importance. L'essentiel était de surveiller cette blancheur, de s'en pénétrer, de s'en imprégner, de se sentir lumineux, comme une eau qu'un reflet anime jusqu'au fond. Être de l'eau, de l'eau pure. Le blanc, là, devant, se teintait de doré. Ce n'était pas un espace quelconque. Il comportait des zones plus sombres et notamment, une grande plage opaque d'où venait un bruit régulier, mécanique, peut-être le bruit de la vie d'autrefois. Quelque chose bougea, au milieu du blanc, un point noir, voltigeant. Il suffisait d'un mot pour savoir. Un seul mot, et la frontière serait définitivement franchie. Le sentiment de cette grande paix cesserait d'être précaire. Il se changerait en joie tranquille, un peu mélancolique. Le mot se formait quelque part. Il naissait très loin, accourait en grondant. Il dissimulait une menace qui allait éclater : Mouche!

Mouche. C'était une mouche. Au plafond, il y avait une mouche... La grande tache noire, dans le coin, c'était le buffet. Tout recommençait, dans le silence et le froid. Je palpe autour de moi le carrelage. Je suis glacé. Je suis couché. Je suis Ravinel. Il y a une lettre sur la table...

Surtout, ne pas comprendre. Ne pas s'interroger. Garder le plus longtemps possible cette espèce d'indifférence désespérée. C'est dur. C'est épuisant. Mais il ne faut pas penser. Il faut se contenter de remuer un muscle après l'autre... Les muscles obéissent bien. Les bras se soulèvent si on le désire. Les doigts se plient. Les yeux se reposent sur des choses qu'on a plaisir à regarder. On voudrait épeler ces choses : le-four-neau... le-car-re-la-ge... Cela ne ment pas. Tandis que sur la table, ce papier mauve, cette enveloppe béante... Danger! Il faut passer au large, le dos au mur, ouvrir la porte, à tâtons, la refermer d'un seul mouvement, la verrouiller, un tour, deux tours. On ne sait plus, maintenant, ce qui se passe derrière cette porte. Il vaut mieux ne pas savoir. On verrait peut-être les mots de la lettre se boursoufler, se séparer, se disjoindre en traits qui, les uns au bout des autres, dessineraient une silhouette terrible.

Parvenu à l'extrémité de la rue, Ravinel se

retourne. Là-bas, la maison semble habitée, à cause de l'électricité qui est restée allumée. Souvent, le soir, il voyait passer, derrière les persiennes, l'ombre de Mireille, quand il rentrait. Mais, maintenant, il est déjà trop loin. Même si l'ombre passe, il ne pourra la voir. Il va jusqu'à la gare. Il est tête nue. Il boit deux demis au café voisin. Victor, le garçon de comptoir, est très occupé; autrement, il ferait bien la conversation. Il cligne de l'œil, il sourit. Comment expliquer qu'une bière aussi fraîche puisse brûler la poitrine comme un alcool? Fuir? Cela ne signifie plus rien. Une autre lettre mauve peut arriver chez le commissaire de police, et lui signaler le crime. Mireille peut se plaindre d'avoir été tuée. Stop! Pensée interdite! Il y a beaucoup de monde sur le quai. Les couleurs font mal. Le signal rouge est trop rouge, et le signal vert est douceâtre comme du sirop. Les journaux de la bibliothèque sentent l'encre grasse. Les gens eux-mêmes se mettent à sécréter une odeur de gibier, et le train pue comme le métro. Voilà! Ça devait finir de cette façon. Un jour ou l'autre, fatalement, il devait percevoir ce qui demeure caché aux autres. Les vivants, les morts, c'est toujours le même peuple. Parce que nos sens sont grossiers, on s'imagine, d'habitude, que les morts sont ailleurs, on croit qu'il y a deux mondes. Pas du tout! Ils sont là, les invisibles, mêlés à notre vie, continuant leurs petites besognes. *N'oublie pas de bien fermer le robinet du gaz.* Ils parlent avec leur bouche d'ombre; ils écrivent avec leurs mains de fumée. Tout cela n'est pas sensible aux gens distraits, mais devient perceptible dans certaines conditions. Il suffit sans doute de n'être pas tout à fait né, de n'être pas engagé à fond dans la vie bruyante, colorée, dans la tempête des sons, des couleurs, des formes... Cette lettre, ce n'est jamais que le début d'une initiation. Pourquoi s'épouvanter?

— Billets, s'il vous plaît?

Le contrôleur. Il est rubicond, avec deux plis sur la nuque. Il écarte les voyageurs d'un geste impatient. Il ne se doute pas qu'il écarte aussi une foule d'ombres mêlées aux vivants. Tout le monde ne peut pas se tenir à la limite. Mireille ne tardera plus à se montrer, maintenant. Cette lettre, c'était un avertissement. Elle n'a pas voulu venir elle-même. Elle s'est absentée deux ou trois jours, par une espèce de discrétion. *Je suis obligée de m'absenter*, la ruse est enfantine. *Rien de grave. Je t'expliquerai.* La mort n'est rien de grave, c'est évident. Un simple changement de poids, d'épaisseur. La vie, en somme, la vie sans le froid, sans le souci, sans l'angoisse d'être en porte-à-faux. Elle n'est pas malheureuse, Mireille! Elle va expliquer tout cela. Oh! Elle n'aura pas à expliquer beaucoup de choses. Il sait. Comme il comprend bien son passé, tout d'un coup. Les autres, père, mère, amis, ont toujours essayé de l'attacher, de l'enraciner, de le distraire de l'essentiel. Examens, métier, autant de pièges. Même Lucienne ne comprend pas. L'argent, l'argent! Elle ne songe qu'à ça. Comme si l'argent n'était pas le principe de la pesanteur. N'est-ce pas elle qui, la première, a parlé d'Antibes?

S'il y avait du soleil, beaucoup de soleil, tout changerait. Mireille ne se manifesterait plus. La lumière n'efface-t-elle pas les étoiles? Et pourtant, les étoiles continuent d'exister. Antibes! La seule manière de tuer Mireille. C'est-à-dire de l'effacer. Elle savait bien ce qu'elle faisait, Lucienne. Mais maintenant, il a compris, et il n'a plus envie de fuir, de s'évader vers l'étincellement du midi. Puisque Mireille ne lui en veut pas. Il ne reste plus que cette peur à vaincre. Une peur atroce qui n'attend qu'une occasion favorable pour bondir. Ce sera difficile de s'habituer. Peut-être faudra-t-il penser, sans frémir, à la baignoire, à Mireille morte, raide, froide, les cheveux collés par l'eau.

Des rails se nouent et se dénouent à toute vitesse, le long du train. Des convois, des gares, des ponts, des entrepôts, disparaissent en grondant. Le wagon se balance doucement, éclairé par des lampes bleutées. On se sent parti pour un très long voyage. En fait, on est parti depuis très longtemps et l'on n'arrivera nulle part, puisqu'on débarquera parmi les vivants!

Il pleut. Des fumées de locomotives se rabattent, s'éparpillent, et les porteurs vous empêchent de passer. Des hommes, des femmes courent, se font des signes, se rejoignent, s'étreignent. *Je t'embrasse comme tu aimes, mon gros loup.* Mais Mireille ne peut pas être encore là. Son heure n'est pas venue. Le bureau de poste.

— Je voudrais Nantes!

Il y a des graffiti, sur les parois, des numéros, des dessins obscènes.

— Allô, Nantes?... L'hôpital... Le docteur Lucienne Mogard.

On n'entend plus, autour de la cabine, que la rumeur de la foule, comme celle d'un fleuve qui se divise sur une arche de pont.

— Allô!... C'est toi... Elle m'a écrit. Elle doit revenir dans quelques jours... Mais Mireille! C'est Mireille qui m'a écrit... Un pneumatique... Je t'affirme que c'est elle... Non. Non. J'ai tout mon bon sens... Je ne cherche pas du tout à te tourmenter, mais je préfère que tu saches... Eh oui, je me rends compte. Mais, moi, je commence à comprendre pas mal de choses... Oh! Ce serait trop long à t'expliquer... Ce que je vais faire? Est-ce que je le sais moi-même... Oui, entendu. A demain!

Pauvre Lucienne! Ce besoin de vouloir toujours raisonner... Elle constatera, comme lui-même. Elle touchera le mystère du doigt. Elle verra la lettre.

Mais pourra-t-elle voir la lettre? Évidemment, puisque le facteur l'a apportée, qu'un postier l'a tamponnée, qu'un autre postier l'a ramassée dans une boîte! La lettre est bien réelle. C'est seulement sa signification qui n'est pas adaptée à l'entendement de n'importe qui. Il faut savoir penser dans les deux mondes à la fois.

Le boulevard de Denain. Les fléchettes lumineuses de la pluie. Le troupeau luisant des voitures. La ronde des apparences. Les cafés sont comme de grandes cavernes rutilantes, aux profondeurs multipliées à l'infini par des glaces invisibles. La frontière court, ici même, séparant les images et les reflets sans que personne y prenne garde.

La nuit emplit le boulevard comme un liquide plein de remous, comme une eau limoneuse charriant pêle-mêle des lumières, des odeurs et des hommes. Allons! Sois franc. Tu as rêvé des quantités de fois que tu étais un noyé perdu au fond de ces grandes fosses que sont les rues. Ou bien tu étais un poisson et tu t'amusais à buter du nez le long des vitrines, à regarder ces nasses que sont les églises, tendues en plein courant, ces herbiers que sont les squares, où des formes se cherchent, se poursuivent, se dévorent dans le lacis des ombres. Si tu as accepté l'idée de la baignoire, c'est à cause de l'eau, n'est-ce pas? De cette surface brillante et lisse au-dessous de laquelle il se passe quelque chose qui donne le vertige. Tu as voulu que Mireille participe au jeu. Et maintenant, tu es tenté à ton tour. Tu l'envies, peut-être?

Ravinel a marché au hasard, longtemps, longtemps. Et voilà qu'il arrive au bord de la Seine. Il longe un parapet de pierre qui lui monte presque jusqu'à l'épaule. Il y a un pont en avant, une grande arche qui abrite un grouillement de reflets huileux. La ville semble abandonnée. Il souffle un vent ténu qui sent l'écluse et l'abreuvoir. Mireille est là, quelque part, mêlée à la nuit. Ils existent, chacun plongé dans un élément distinct, et incapables de se rejoindre. Ils vivent sur des plans dont les propriétés diffèrent. Mais des interférences restent possibles, des croisements, des signaux qu'on échangerait, comme les passagers de deux navires qui s'éloignent.

Mireille!

Il prononce le mot doucement. Il ne peut plus remettre à plus tard. Il a besoin de fuir, à son tour, de casser le miroir.

VII

Ravinel, en s'éveillant, reconnut une chambre d'hôtel, se souvint qu'il avait marché longtemps, retrouva l'image de Mireille, et soupira. Il lui fallut plusieurs minutes pour décider que ce jour était probablement un dimanche. C'était même forcément un dimanche, puisque Lucienne allait arriver au train de midi et quelque. Elle devait être en route. Que faire en l'attendant? Que peut-on faire le dimanche? C'est un jour mort, tombé en travers de la semaine, empêchant de passer, et Ravinel était pressé. Il avait hâte d'arriver!

Neuf heures.

Il se leva, s'habilla, écarta le rideau élimé qui cachait la fenêtre. Un ciel gris. Des toits. Des lucarnes, dont certaines étaient encore enduites du bleu de la défense passive. Pas drôle! Il descendit, paya sa note à une vieille femme en bigoudis. Sur le trottoir, il s'aperçut qu'il se trouvait dans le quartier des Halles, à deux pas de la maison de Germain. Pourquoi pas Germain? Cela permettrait d'attendre...

Le frère de Mireille habitait au quatrième et, comme la minuterie était détraquée, il fallait monter à tâtons, parmi les odeurs et les bruits du dimanche. Il y avait, derrière les cloisons minces, des gens qui chantonnaient, qui ouvraient leur radio, qui songeaient au match de l'après-midi, au film de la soirée; il y avait du lait qui se répandait en grésillant sur un fourneau, des gosses qui hurlaient. Un homme en pyjama, sous son pardessus au col relevé, un chien en laisse, croisa Ravinel. Ravinel était exclu de la fête. Il était une espèce d'étranger. La clef était sur la porte. La clef était toujours sur la porte. Mais Ravinel ne s'en servait jamais. Il frappa. Ce fut Germain qui lui ouvrit.

— Tiens, Fernand! Comment ça va?

— Et toi?

— Un peu patraque... Excuse le désordre. Je viens de me lever. Tu vas bien prendre un peu de café? Mais si, mais si!

Il précédait Ravinel dans la salle à manger, repoussait des chaises, faisait disparaître une robe de chambre.

— Et Marthe? dit Ravinel.

— Elle est à la messe, mais elle ne va pas tarder à rentrer... Assieds-toi, mon vieux Fernand. Je ne te demande pas de nouvelles de ta santé. Mireille m'a dit que tu étais en pleine forme. Veinard! Ce n'est pas comme moi... Au fait, tu n'as pas vu ma dernière radio... Tiens, sers-toi; le café est sur le gaz. Je vais te chercher ça.

Ravinel flairait avec méfiance un relent d'eucalyptus et de pharmacie. A côté de la cafetière, il y avait une petite casserole contenant des aiguilles et une seringue, et Ravinel regretta d'être venu. Germain fouillait dans sa chambre. De temps en temps, il criait :

— Tu vas voir si elle est nette.. Comme a dit le docteur... Avec des soins...

Quand on se marie, on croit épouser une femme, et on épouse une famille, toutes les histoires d'une famille. On épouse la captivité de Germain, les confidences de Germain, les bacilles de Germain. La vie est menteuse. Elle semble pleine de merveilles, quand on est petit, et puis...

Germain revenait, avec de vastes enveloppes jaunes qui faisaient penser à un courrier d'homme politique.

— Eh bien, sers-toi, mon vieux!... Il est vrai que tu as peut-être déjeuné... C'est un as, le docteur Gleize. Il tire de ces clichés!... Et il interprète ça!... Toi, tu ne vois que des trucs noirs et blancs; lui, il te déchiffre tous ces signes comme s'il lisait dans un bouquin.

Il éleva devant la fenêtre la photographie craquante.

— Là, tu vois, au-dessus du cœur... Oui, cette partie blanche, c'est le cœur. Je finis par m'y connaître, moi aussi, à force... juste au-dessus du cœur, cette espèce de petite ligne... Tu es trop loin. Approche!

Ravinel détestait cela. Il ne voulait pas savoir comment sont faits les organes. Il éprouvait toujours un étrange malaise en regardant ces fragments de squelette que la radio révèle et poétise à la fois. Il y a des choses qui doivent rester cachées. On n'a pas le droit de les montrer. On n'a pas le droit de violer certains secrets. Germain l'avait toujours dégoûté, à cause de cette curiosité monstrueuse.

— La cicatrisation est très avancée, disait Germain. Seulement, bien sûr, il y a encore des précautions à prendre. Quand même, c'est encourageant!... Attends, je vais te montrer l'analyse des crachats... Où ai-je fourré le papier du laboratoire?... Cette pauvre Marthe, elle égare tout... A moins qu'elle l'ait déjà envoyé à la Sécurité... Mais, d'ailleurs, Mireille te dira...

— Oui, oui.

Germain, amoureusement, glissait la photographie dans l'enveloppe et, pour son plaisir, il sortit une autre épreuve qu'il contempla en penchant la tête.

— Trois mille balles chaque photo!... Heureusement que ma pension va être augmentée. Dame, c'est du travail bien fait. Comme dit le docteur : « Vous êtes un cas. »

La clef grinça dans la serrure. Marthe, qui rentrait de la messe.

— Bonjour, Fernand. C'est gentil d'être venu On ne vous voit pas très souvent.

Un peu aigre-douce, Marthe. Elle enlevait son chapeau, dont elle pliait le voile avec précaution. Elle était toujours en deuil de quelqu'un et elle aimait le noir, pour ce qu'il donne de dignité et de distinction. « Elle n'a pas eu de chance », murmuraient les gens, derrière elle.

— Les affaires marchent bien? demanda-t-elle, avec un rien de soupçon dans la voix.

— Pas mal. J'aurais tort de me plaindre.

— Vous avez de la chance... Germain, ta potion.

Elle avait déjà passé une blouse et desservait la table, avec des gestes vifs et précis.

— Comment va Mireille?

— Je l'ai vue tout à l'heure, dit Germain. Tu venais juste de partir à la messe.

— Elle est devenue bien matinale, observa Marthe.

Ravinel faisait un effort pour comprendre.

— Pardon, pardon... murmura-t-il. Mireille est venue?... Quand?

Germain continuait de compter ses gouttes, dans un verre d'eau... dix... onze... douze... Il plissait le front, refusait de se laisser distraire... treize... quatorze... quinze...

— Quand?... dit-il d'une voix absente. Eh bien, il y a une heure. Peut-être un peu plus... seize... dix-sept... dix-huit...

— Mireille?

— Dix-neuf, vingt.

Germain enveloppa le compte-gouttes dans une pincée d'ouate, puis dans un papier de soie, releva la tête.

— Mireille, oui. Qu'est-ce qu'il y a de drôle?... Qu'est-ce que tu as, Fernand?... Qu'est-ce que j'ai dit?

— Attends! chuchota Ravinel... Attends!... Elle est entrée ici? Tu l'as vue?

— Pardi? Si je l'ai vue! J'étais encore au lit. Elle est entrée comme d'habitude, quoi! Elle m'a embrassé.

— Tu es bien sûr qu'elle t'a embrassé?

— Voyons, Fernand. Je ne te comprends pas.

Marthe, qui était passée dans la chambre, se tint une minute sur le seuil, observant les deux hommes, et Ravinel tira une cigarette de son étui, pour cacher son désarroi.

— Non, dit Germain. Tu sais bien... la fumée. Le docteur a interdit.

— C'est vrai. Excuse-moi.

Ravinel roulait la cigarette entre ses doigts, machinalement.

— C'est curieux, parvint-il à dire. Elle ne m'a pas prévenu.

— Elle voulait connaître le résultat de ma radio, précisa Germain.

— Elle t'a paru... normale?

— Oui.

— Quand elle t'a embrassé, sa peau... Enfin, c'était comme d'habitude?

— Je ne te comprends pas... Mais enfin, qu'est-ce que tu as, Fernand?... Marthe, écoute un peu. Fernand n'a pas l'air de croire que Mireille est venue.

Marthe s'approcha et Ravinel comprit tout de suite qu'elle savait quelque chose. Il se raidit comme un accusé devant son juge.

— Quand êtes-vous rentré de Nantes, Fernand?

— Hier... Hier matin.

— Et il n'y avait personne à la maison?

Ravinel la regarda. Elle n'avait jamais eu les yeux plus brillants, la bouche plus mince.

— Non. Mireille n'était pas là.

Marthe hocha la tête à plusieurs reprises.

— Tu crois? murmura Germain.

— C'est sûrement ça, dit Marthe.

Ravinel ne put se retenir.

— Parlez! Nom de Dieu! Qu'est-ce que vous savez?... Vous êtes allés là-bas, hier matin?

— Oh! fit Germain, blessé... Dans l'état où je suis!

— Il vaudrait mieux que tu lui expliques, observa Marthe, et elle disparut sans bruit dans la chambre.

— M'expliquer quoi? reprit Ravinel. Qu'est-ce que c'est que ce complot?

— Doucement, dit Germain. Marthe a raison... Il vaut mieux que tu saches... Au fond, j'aurais dû te prévenir quand vous vous êtes mariés. Seulement, je pensais que le mariage, justement, aurait tout arrangé. Le docteur avait affirmé que...

— Germain! Vide ton sac et qu'on en finisse.

— Ça m'ennuie de te faire de la peine, mon vieux Fernand. Voilà : Mireille fait des fugues.

Marthe, du fond de la chambre, surveillait Ravinel. Il sentait son regard, qui épiait. Il répéta, complètement ahuri :

— Des fugues?... Des fugues?

— Oh! pas souvent, dit Germain. Ça lui a pris vers l'âge de quatorze ans.

— Elle s'en allait avec des hommes?

— Mais non. Qu'est-ce que tu vas chercher, mon pauvre Fernand. Des fugues, je te dis. Tu ne sais pas ce que c'est?... Mireille quittait la maison, brusquement. Le docteur nous a expliqué qu'il s'agissait d'un trouble du caractère. C'est fréquent, paraît-il, au moment de la formation. Elle prenait le train, ou bien elle marchait jusqu'à ce qu'elle soit épuisée... Il fallait chaque fois prévenir la police.

— Ça faisait bien, pour les voisins, fit Marthe, tout en secouant un oreiller.

Germain haussa les épaules.

— Dans toutes les familles, il y a quelque chose. Même dans les meilleures... Elle était malheureuse, après, la pauvre gosse! Mais c'était plus fort qu'elle. Quand ça la prenait, il fallait qu'elle parte.

— Et alors? dit Ravinel.

— Alors... Tu en as de bonnes, Fernand. Alors, j'ai l'impression qu'elle nous fait une crise. Son absence de chez toi, son passage en coup de vent, ce matin... En tout cas, elle reviendra dans quelques jours, je te l'affirme.

— Mais c'est impossible! éclata Ravinel. Puisque...

Germain soupira.

— Voilà bien ce que je craignais. Tu ne veux pas nous croire... Marthe, il ne veut pas nous croire.

Marthe leva une main, comme pour prêter serment.

— Je me mets à votre place. Ce n'est pas des choses agréables à apprendre. Moi, quand j'ai su que Mireille... enfin... la pauvre petite, je n'ai rien contre elle... Seulement, si j'avais eu voix au chapitre, je vous aurais averti dès le premier jour... Et encore, ne vous plaignez pas. Vous n'avez pas d'enfant. Vous auriez pu avoir un bébé avec un bec-de-lièvre.

— Marthe!

— Je sais ce que je dis. J'ai demandé, autrefois, au docteur.

Encore le docteur! Et les radios sur le coin de la table. Le compte-gouttes dans son papier de soie. Et Mireille qui s'enfuyait à quatorze ans! Ravinel se prit la tête dans les mains.

— Assez! murmura-t-il. Vous me rendez fou.

— Quand je suis entrée, j'ai bien senti que ça n'allait pas, continuait Marthe. Je ne suis pas comme Germain, moi. Il ne remarque jamais rien. Si j'avais été là, tout à l'heure, j'aurais tout de suite vu que Mireille n'était pas dans son état habituel.

Ravinel déchiquetait sa cigarette qui ne formait plus qu'un petit tas noir et blanc, sur la table. Il avait envie d'empoigner les deux époux, de cogner l'une contre l'autre leurs têtes rapprochées et faussement compatissantes. Une fugue! Comme si Mireille risquait encore de faire une fugue! Mireille qu'il avait roulée de ses mains dans la bâche. C'était un complot. Ils étaient de mèche... Mais non! Germain était trop bête. Il se serait déjà coupé.

— Comment était-elle habillée?

Germain réfléchit.

— Attends!... Je l'ai vue un peu à contre-jour.

Il me semble qu'elle avait son manteau gris bordé de fourrure. Oui, j'en suis sûr. et sa toque. Puisque j'ai même pensé, sur le moment, qu'elle était habillée bien chaudement pour la saison. Un coup à faire un chaud et froid.

— Elle allait peut-être prendre le train? insinua Marthe.

— Oh! non. Je n'ai pas eu du tout cette impression. Plus j'y songe et plus je trouve même bizarre qu'elle n'ait pas eu l'air un peu affolée. Autrefois, au moment de ses crises, elle était nerveuse, crispée. Elle pleurait pour un rien. Tandis que, ce matin, elle semblait calme, mais calme...

Et, comme Ravinel serrait les poings, il ajouta :

— C'est une bonne petite, Fernand.

Marthe remuait des casseroles, derrière son beau-frère, et répétait de temps en temps :

— Ne vous dérangez pas... Je peux très bien passer.

Mais Ravinel devait sans cesse changer sa chaise de place, chaque mouvement lui coûtait. La pendule, une absurde pendule dorée portée par deux nymphes aux seins nus, marquait dix heures vingt. Lucienne devait quitter Le Mans. La pièce s'emplissait peu à peu d'un jour triste qui laissait des coins dans l'ombre et posait comme une fine poussière sur les murs, les meubles, les visages.

— Je sais à quoi tu penses, dit Germain.

Ravinel tressaillit.

— Tu crois qu'elle te trompe, hein?

L'imbécile! Non, il ne jouait sûrement pas la comédie.

— Tu aurais tort de te mettre des idées dans la tête. Je la connais, moi, Mireille. Elle est peut-être difficile a comprendre, par moments, mais elle est honnête.

— Mon pauvre Germain! soupira Marthe, qui épluchait des pommes de terre.

Et cela signifiait clairement : « Mon pauvre Germain! Qu'est-ce que tu connais aux femmes? »

Germain se rebiffa.

— Mireille? Allons donc! Elle ne songe qu'à sa maison, à ses petites affaires. Il n'y a qu'à la voir.

— Elle est trop souvent seule, murmura Marthe. Oh! ce n'est pas un reproche, Fernand. Vous êtes obligé de voyager, bien sûr, mais pour une jeune femme, j'imagine que ce ne doit pas être toujours gai. Vous me direz que vous ne vous éloignez pas beaucoup. C'est vrai. Mais l'absence, c'est toujours l'absence.

— Moi, quand j'étais prisonnier..., commença Germain.

C'était justement cette phrase qu'il aurait fallu éviter. Maintenant, Germain, remonté à fond, allait raconter des histoires vingt fois entendues. Ravinel n'écoutait plus. Il ne réfléchissait pas non plus. Il coulait doucement au fond d'une rêverie un peu douloureuse. Il se dédoublait. Il retournait à Enghien, errait dans les pièces vides. Si quelqu'un s'était trouvé là-bas, au même instant, sans doute aurait-il pu voir flotter une silhouette indécise ressemblant à Ravinel. Est-ce qu'on connaît tous les mystères de la télépathie? Germain affirmait qu'il avait vu! Mais tous ceux, et ils sont légion, qui ont vu des apparitions, ont cru, tout d'abord, qu'ils avaient devant eux des êtres bien vivants, bien réels. Mireille morte avait choisi d'apparaître à son frère à l'instant précis où celui-ci, sortant du sommeil, n'était pas encore capable de porter une attention suffisante à ce qu'il croyait voir. Un cas classique. Ravinel en avait relevé des quantités d'autres, tout semblables, dans la *Revue Métapsychique* à laquelle il était abonné, avant son mariage. D'ailleurs, ces fugues prouvaient que Mireille avait des qualités de médium. Elle devait être extrêmement sensible à toutes les suggestions. Même à présent! Peut-être suffirait-il de penser à elle avec beaucoup d'intensité, beaucoup d'amour, pour l'amener à se matérialiser.

— Qu'est-ce qu'elle a dit, au juste? demanda Ravinel.

Germain racontait ses démêlés avec les infirmiers du stalag. Il s'interrompit, un peu vexé.

— Ce qu'elle a dit?... Oh! tu sais, je n'ai pas noté ses paroles... C'est plutôt moi qui ai parlé, puisqu'elle voulait savoir, pour ma radio...

— Elle est restée longtemps?

— Quelques minutes.

— Elle aurait pu m'attendre, grogna Marthe.

Justement! Si Marthe s'était trouvée dans l'appartement, Mireille ne se serait pas montrée. Il y a une logique du surnaturel.

— Tu n'as pas eu l'idée d'ouvrir la fenêtre, de regarder la direction qu'elle prenait?

— Ma foi non. Pourquoi aurais-je regardé?...

Dommage! Si Germain avait guetté la sortie de Mireille, il aurait sans doute constaté que sa sœur n'avait pas quitté l'immeuble... Quelle belle preuve!

— Ne te mets pas martel en tête, mon vieux, dit Germain. Veux-tu un conseil?... Eh bien, rentre au *Gai Logis*. Elle est peut-être déjà là-bas, qui t'attend... Et si elle a de la peine, tu sauras la consoler, hein!

Il essaya de rire grassement, toussa, et Marthe le regarda avec sévérité.

— Quand elle était petite, dit Ravinel, elle n'a jamais été somnambule?

Germain se rembrunit.

— Pas elle... Mais moi, oui, quelquefois. Je ne courais pas sur les toits au clair de lune, non, tout de même. Seulement, je parlais en dormant, je gesticulais... Quelquefois, je me levais et je me réveillais dans un corridor, dans une autre chambre. Je ne savais plus où j'étais. Il fallait qu'on me recouche et qu'on me tienne les mains. Je n'osais plus me rendormir.

— On dirait que ça vous fait plaisir, Fernand, observa Marthe, de sa voix la plus pointue.

— Et maintenant, continua Ravinel, tu n'as plus de crises?

— Tu ne voudrais pas... Tu trinqueras bien avec nous, mon vieux Fernand. Je ne t'invite pas à déjeuner parce que mon régime est assez spécial...

— Il faut qu'il retourne chez lui, trancha Marthe. Il ne peut pas laisser cette petite toute seule.

Germain sortait du buffet un carafon et des verres minuscules, au pied d'argent.

— Tu sais ce que le docteur t'a recommandé, observa Marthe.

— Oh! Juste une larme.

Ravinel rassembla tout son courage.

— Et si Mireille n'est pas rentrée ce soir? dit-il. A votre avis, qu'est-ce que je devrais faire?

— Moi, j'attendrais. Tu ne crois pas, Marthe?... Après tout rien ne t'oblige à repartir en tournée dès demain. Il y va peut-être de ton bonheur, tu sais. Quand elle reviendra, si elle trouve la maison vide...

Mets-toi à sa place... Crois-moi, prends huit jours de congé, et renseigne-toi, discrètement. Si elle fait vraiment une fugue, elle se cache certainement à Paris. Autrefois, quand elle s'enfuyait, c'était toujours pour venir à Paris. Paris l'attirait, c'était formidable!

Ravinel, malgré lui, perdait pied, finissait par ne plus savoir si sa femme était morte ou vivante. Ils trinquèrent.

— A la tienne, Germain.

— A la santé de Mireille.

— A son prochain retour, dit Marthe.

Ravinel but d'un trait l'alcool de noyaux, se passa la main sur les paupières. Non. Il ne rêvait pas. La liqueur lui chauffait la gorge. La pendule sonna onze heures. Il était toujours du même côté de la frontière. Il savait ce qu'il avait vu de ses yeux, touché de ses doigts... Les chenets, par exemple. Ça ne se réfute pas facilement, des chenets qui pèsent plusieurs kilos!

— Vous lui direz bonjour pour nous.

Quoi?... C'était Marthe qui le reconduisait. Il s'était levé sans en avoir conscience.

— Tu l'embrasseras bien de ma part, lançait Germain.

— Oui, oui.

Il avait envie de leur crier : « Elle est morte, morte... Je le sais bien, puisque c'est moi qui l'ai tuée. » Il se contint, parce que Marthe serait trop heureuse...

— Bonsoir, Marthe. Ne vous donnez pas la peine. Je connais le chemin.

Elle l'écoutait descendre, penchée sur la rampe de l'escalier.

— Quand vous aurez du nouveau, prévenez-nous,
Fernand!

*

Ravinel entre dans le premier bistrot, boit deux
fines. L'heure tourne. Tant pis. Avec un taxi, il
arrivera à temps. Ce qui compte, ce qui est capital,
c'est de faire le point, tout de suite. Voyons, moi,
Ravinel, je suis debout, devant un bar. Je ne déraille
pas. Je raisonne froidement. Je n'ai plus peur. Hier
soir, oui, j'avais peur. J'étais en proie à une espèce de
délire. Mais c'est passé. Bon! Examinons les faits,
avec tout le calme possible... Mireille est morte
J'en suis sûr, parce que je suis sûr d'être Ravinel,
parce qu'il n'y a pas un seul trou dans mes souvenirs,
parce que j'ai touché son cadavre, parce que je bois
une fine en ce moment et que, tout cela, c'est la
réalité... Mireille est vivante. J'en suis sûr aussi,
parce qu'elle a écrit, de sa main, un pneumatique que
le facteur a apporté, parce que Germain l'a vue.
Aucune raison de mettre son témoignage en doute.
Seulement, voilà! Comme elle ne peut pas être à la
fois vivante et morte... Il faut bien qu'elle soit à
moitié morte et à moitie vivante... Il faut qu'elle soit
un fantôme. C'est la logique qui le veut. Ce n'est pas
moi qui cherche à me rassurer. Ce n'est, d'ailleurs,
pas du tout rassurant. C'est le raisonnement qui le
prouve. Mireille apparaît à son frère. Elle m'appa-
raîtra peut-être bientôt. Moi, j'accepte le fait, parce
que je *sais* qu'il est possible. Mais Lucienne ne
l'acceptera pas, elle. A cause de sa formation univer-
sitaire. De sa façon de raisonner. Alors? Qu'est-ce que
nous allons nous dire?

Il boit une troisième fine parce qu'il a froid, au-dedans de lui. S'il n'y avait pas Lucienne...

Il paie, cherche une station de taxis. Il ne s'agit pas de manquer Lucienne, maintenant.

— A Montparnasse, vite!

Il se renverse sur le siège, s'abandonne. Déjà, il se demande si ce qu'il pensait à l'instant n'est pas une divagation de son cerveau surmené. Et il commence, lentement, à se convaincre qu'il est dans une situation sans issue. Un gibier de police, de toute façon. Il est las. Hier, il aurait voulu revoir Mireille. Il sentait que c'était possible. Maintenant, il la redoute. Il devine qu'elle va le tourmenter. Comment aurait-elle oublié?... Pourquoi les morts ne se souviendraient-ils pas?... Encore ces pensées!... Heureusement, la voiture s'arrête. Ravinel n'attend pas sa monnaie. Il se précipite. Il bouscule des gens, découvre les quais. Une machine électrique avance au petit pas, stoppe devant le butoir, et une marée de voyageurs coule du convoi, se répand sur les trottoirs. Ravinel s'approche du contrôleur.

— C'est le train de Nantes?

— Oui.

Une étrange impatience l'envahit. Il se hausse sur la pointe des pieds, se démanche le cou, l'aperçoit enfin, strictement vêtue d'un ensemble sombre, coiffée d'un béret, calme en apparence.

— Lucienne!

Ils se serrent la main, sans doute par prudence.

— Tu as une figure à faire peur, mon pauvre Fernand.

Il sourit tristement.

— C'est que j'ai peur, dit-il.

VIII

Ils se plaquèrent contre la balustrade du métro, pour échapper à la bousculade.

— Je n'ai pas eu le temps de retenir une chambre, s'excusa Ravinel. Mais nous n'aurons aucun mal...

— Une chambre! Mais il faut absolument que je reparte à six heures. Je suis de nuit.

— Ah ça! Tu ne vas pas...

— Qu'est-ce que je ne vais pas?... T'abandonner?... C'est ce que tu veux dire. Tu te crois en danger... Voyons, il n'y a pas, par ici, un café tranquille où nous pourrions parler librement? Car je suis surtout venue pour parler, tu sais. Pour voir si tu n'es pas malade.

Elle retira son gant, prit le poignet de Ravinel, puis, sans se soucier des passants, lui palpa le visage, lui pinça une joue.

— Tu as maigri, ma parole. Tu as la peau jaune, molle, les yeux troubles.

C'était sa force, à Lucienne. Elle ne s'occupait jamais de l'opinion des autres, se moquait de ce qu'on pouvait penser d'elle. Au milieu des marchands de journaux, qui hurlaient autour d'eux, elle était capable de compter les battements de son pouls, d'examiner sa langue, ou de tâter ses ganglions.

Et déjà Ravinel se sentait en sécurité. Lucienne, comment dire... C'était tout le contraire du flou, du nuageux. Lucienne était décidée, un peu coupante, presque agressive? Sa voix était nette, n'hésitait jamais. Quelquefois, il aurait voulu être Lucienne.. Et quelquefois, il la détestait, pour les mêmes raisons... Parce qu'elle faisait penser à un instrument de chirurgie, froid, lisse, nickelé, insolite. Quand même, aujourd'hui, elle aurait du mal à expliquer...

— Descendons la rue de Rennes, dit-il. Nous trouverons bien un bistrot désert.

Ils traversèrent la place. C'était elle qui lui tenait le bras, comme pour le guider ou l'empêcher de tomber.

— Je n'ai rien compris à tes deux coups de téléphone. D'abord on entendait mal. Et puis, tu parlais trop vite. Reprenons dans l'ordre. Quand tu es revenu chez toi, hier matin, le cadavre de Mireille avait disparu. C'est bien cela?

— C'est exactement cela.

Il la guettait de l'œil, se demandant comment elle allait résoudre le problème, elle qui répétait toujours : « Ne nous emballons pas... Avec un peu de bon sens... » Ils marchaient sans se laisser distraire, sans laisser errer leurs regards sur la profonde perspective de la rue qui se bleutait, vers le carrefour Saint-Germain, comme un fond de vallée. Ravinel se détendait. A elle, de porter un peu le fardeau.

— Il n'y a pas beaucoup de solutions, fit-elle. Le courant a-t-il pu entraîner le corps?

Il sourit.

— Impossible! D'abord, il n'y a presque pas de courant, tu le sais aussi bien que moi. Et même, en admettant, le cadavre se serait trouvé coincé après le déversoir, aurait formé barrage. Je l'aurais découvert du premier coup. Tu penses bien que j'ai cherché partout, avant de te téléphoner.

— Je le pense, oui.

Elle commençait à froncer les sourcils, et lui, malgré son inquiétude mal refoulée, éprouvait une véritable joie à la sentir sécher comme un candidat surpris par une question hors programme.

— On a peut-être volé le corps, pour te faire chanter, suggéra-t-elle sans conviction.

— Impossible!

Il laissait tomber le mot avec un rien de condescendance, pour humilier Lucienne.

— Impossible! J'ai examiné cette hypothèse à la loupe; je peux le dire. J'ai été jusqu'à interroger la fille du facteur, une gamine qui conduit tous les matins sa chèvre dans le pré, en face du lavoir.

— Tu as fait cela?... Elle n'a rien soupçonné, au moins?

— J'ai pris mes précautions. D'ailleurs, la gosse est à demi idiote... Bref, l'hypothèse ne tient pas debout. Pourquoi quelqu'un aurait-il volé le cadavre? Pour me faire chanter, comme tu dis, ou simplement pour me nuire. Or, personne ne s'occupe de moi... Et puis, te rends-tu compte, voler un cadavre... Tiens, voilà un petit café qui fera notre affaire.

Deux fusains en pot, un bar minuscule, trois tables serrées autour d'un poêle. Le patron lisait un journal de sports, à la caisse.

— Non. Nous ne servons pas à déjeuner... Mais si vous désirez des sandwiches... Très bien! Et deux demis!

L'homme passa dans une arrière-boutique qu'on devinait exiguë. Ravinel tira une table pour permettre à Lucienne de s'asseoir. Devant le café, les autobus s'arrêtaient en grinçant, lâchaient deux ou trois voyageurs, repartaient. Leur masse jetait une ombre rapide. Lucienne s'était décoiffée et elle s'accoudait sur le guéridon.

— Et maintenant, qu'est-ce que c'est que cette histoire de pneumatique?

Déjà, elle avançait la main. Il secoua la tête.

— Il est resté là-bas. Je n'y suis pas retourné. Mais j'en sais le contenu par cœur. Écoute : « Je suis obligée de m'absenter pour deux ou trois jours. Mais ne t'inquiète pas. Rien de grave... *Heu!*... Tu trouveras des provisions dans le garde-manger... Finis le pot de confitures entamé...

— Pardon?

— Je sais ce que je dis : « Finis le pot de confitures entamé avant d'en ouvrir un autre, et n'oublie pas de bien fermer le robinet du gaz quand tu n'as plus besoin du fourneau. Tu n'y penses jamais. A bientôt. Je t'embrasse... »

Lucienne attacha sur son amant un regard aigu. Après avoir un moment conservé le silence, elle interrogea :

— Tu as naturellement reconnu son écriture?

— Naturellement.

— Ça s'imite à la perfection, une écriture.

— Je sais. Mais il n'y a pas seulement l'écriture, il y a le ton. Je suis certain que cette lettre est de la main de Mireille.

— Et le cachet de la poste? C'est bien un vrai cachet?

Ravinel haussa les épaules.

— Demande-moi si le facteur était un vrai facteur, pendant que tu y es.

— Dans ce cas, je ne vois qu'une seule explication. Mireille t'avait écrit avant de partir pour Nantes.

— Tu oublies la date du cachet. Le pneu a été expédié de Paris le jour même. Qui l'aurait mis à la poste?

Le patron revint avec des sandwiches empilés sur une assiette. Il apporta les deux demis, se replongea dans la lecture de son journal. Ravinel baissa la voix.

— Et puis, si Mireille avait eu la moindre crainte, elle nous aurait dénoncés. Elle ne se serait pas contentée de me signaler qu'il restait un pot de confitures entamé.

— Pour commencer, elle ne serait pas venue à Nantes, observa Lucienne. Non, de toute évidence, cette lettre n'a pas pu être écrite... avant.

Elle mordit dans un sandwich. Ravinel but la moitié de sa bière. Il n'avait jamais aussi bien compris l'absurdité de leur situation. Et il sentait que Lucienne perdait pied, peu à peu. Elle posa son sandwich, repoussa l'assiette.

— Je n'ai pas faim. C'est tellement... inattendu, tout ce que tu me racontes!... Car enfin, si cette lettre n'a pas pu être écrite avant, elle a encore moins pu être écrite... après. Et elle ne contient aucune menace, comme si celle qui l'a rédigée avait été privée de mémoire.

— Très bien, chuchota Ravinel. Tu y viens.

— Comment?

— Je me comprends. Continue.

— C'est que, justement... je ne vois pas.

Ils se regardèrent longuement, profondément. Elle détourna enfin la tête et hasarda, comme gênée :

— Un sosie, peut-être.

Cette fois, elle s'avouait battue, Lucienne. Un sosie! Ils auraient noyé un sosie!

— Non, reprit-elle aussitôt. C'est ridicule!... En supposant qu'une femme puisse ressembler étonnamment à Mireille, comment aurais-tu pu t'y tromper?... Et moi-même, quand je l'ai vue morte... Et cette femme serait venue s'offrir à nos coups!

Il lui laissa encore un peu de temps pour réfléchir. Les autobus rasaient le trottoir, s'éloignaient avec leur charge de voyageurs mollement balancés sur la plate-forme. De loin en loin, un homme entrait, commandait un verre, coulait un regard vers ce couple figé, qui ne mangeait pas, ne buvait pas, semblait jouer aux échecs.

— Je ne t'ai pas tout dit, reprit brusquement Ravinel. Mireille a rendu visite à son frère, ce matin.

Une expression de stupeur, puis de crainte, passa dans les yeux de Lucienne. La fière Lucienne! Elle n'en menait pas large, maintenant.

— Elle est montée; elle l'a embrassé; ils ont bavardé un moment.

— Évidemment, dit pensivement Lucienne, le sosie pourrait être l'autre, la seconde. Mais Germain, pas plus que nous, n'aurait pu être dupe d'une substitution. Tu dis qu'il lui a parlé, qu'il l'a embrassée... Est-ce qu'une autre femme aurait la même voix, les mêmes intonations, la même démarche, les mêmes gestes?... Non! C'est invraisemblable. Les sosies, ce sont des trucs de romans.

— Il y aurait encore une explication, fit Ravinel. La catalepsie! Mireille aurait présenté toutes les apparences de la mort... et elle aurait repris connaissance dans le lavoir.

Et comme elle ne paraissait pas comprendre.

— La catalepsie, ça existe, continua-t-il. J'ai lu des choses là-dessus, autrefois.

— La catalepsie, après quarante-huit heures dans l'eau!

Il sentit qu'elle allait se fâcher et, de la main, il lui fit signe de ne pas hausser le ton.

— Écoute, dit Lucienne. S'il s'agissait d'un cas de catalepsie, je cesserais tout de suite d'exercer, tu me comprends! Parce que la médecine ne serait plus une science, parce que...

Elle semblait touchée au vif. Sa bouche tremblait.

— Nous savons reconnaître la mort, tout de même. Veux-tu que je te donne des preuves? Que je te dise à quoi j'ai constaté... Ainsi, tu t'imagines que nous délivrons des permis d'inhumer comme ça, au petit bonheur.

— Je t'en prie, Lucienne.

Ils se turent, les yeux brillants. Elle était fière de ses connaissances, de sa position. Elle savait qu'elle le dominait de toute la hauteur de sa profession. Elle avait toujours eu besoin de son admiration. Or, voilà qu'il se permettait... Elle le surveillait, attendant une parole ou un geste d'excuse.

— Il n'y a pas à discuter, reprit-elle de sa voix d'hôpital. Mireille est morte. Explique le reste comme tu voudras.

— Mireille est morte. Et pourtant, Mireille est vivante.

— Je parle sérieusement.

— Moi aussi. Je crois que Mireille...

Fallait-il avouer à Lucienne?... Il ne lui avait jamais révélé ses pensées les plus secrètes, mais il savait qu'elle le connaissait à fond, d'une manière un peu livresque, sans doute, mais très sûre. Il se décida.

— Mireille est un fantôme, souffla-t-il.

— Quoi?

— Je dis bien : un fantôme. Elle apparaît où elle veut, quand elle veut... Elle se matérialise.

Lucienne lui saisit le poignet, de nouveau, et il rougit.

— Je n'oserais pas dire une chose pareille à n'importe qui, remarque. Je te confie là une arrière-pensée, une supposition. Moi, ça me paraît plausible.

— Il faudra que je t'examine en détail, murmura Lucienne. Je commence à croire que tu as un complexe. Ne m'as-tu pas raconté, un jour, que ton père...

Son visage, soudain, se fit dur, et ses doigts serrèrent le poignet de Ravinel jusqu'à lui faire mal.

— Fernand!... Regarde-moi... Est-ce que, par hasard, tu me jouerais la comédie?

Elle rit nerveusement, croisa les bras, se pencha en avant. De la rue, on aurait pu croire qu'elle tendait la bouche à son amant.

— Ne me prends pas pour une idiote, dis?... As-tu l'intention de me faire marcher longtemps? Mireille est morte. Je le sais. Et tu voudrais me faire croire que son cadavre a été enlevé, qu'elle est ressuscitée, qu'elle se promène à Paris... Et moi, parce que... oui, je peux bien l'avouer, parce que je t'aime... je suis en train de me mettre l'esprit à la torture.

— Plus bas, Lucienne, je t'en prie.

— Je commence à comprendre, va... En somme, tu peux me raconter n'importe quoi. Je n'étais pas là! Mais il y a tout de même des limites à ne pas dépasser. Allons! sois franc, une bonne fois : où veux-tu en venir?

Il ne l'avait jamais vue aussi bouleversée. Elle bégayait presque, de fureur, et une tache livide s'élargissait autour de ses narines.

— Lucienne! Je te jure que je ne te mens pas.

— Ah! non. N'insiste pas. Je suis prête à accepter bien des choses, mais pas à croire qu'un cercle est carré, qu'un mort est vivant, que l'impossible est possible.

Le patron du bar lisait, indifférent. Il en avait tant vu, de couples! Il avait entendu tant de propos bizarres! Mais Ravinel, inquiet de sentir cette présence immobile derrière lui, agita un billet.

— S'il vous plaît?

Il faillit s'excuser de n'avoir pas touché aux sandwiches. Lucienne se repoudrait, le visage caché derrière son sac. Elle se leva la première, sortit sans regarder s'il la suivait.

— Écoute, Lucienne... Je te jure que j'ai dit la vérité.

Elle marchait, la tête tournée vers les vitrines, et lui n'osait pas élever la voix, à cause des passants.

— Écoute-moi, Lucienne!

C'était trop bête, cette scène qu'il n'avait pas su prévoir, et le temps coulait, coulait! Bientôt, elle retournerait à la gare, l'abandonnant à toutes les menaces, à tous les périls... Désespéré, il lui saisit le bras.

— Lucienne... Tu sais bien que je n'ai pas d'intérêt...

— Non? Et l'assurance?

— Qu'est-ce que tu veux dire?

— C'est pourtant simple. Pas de cadavre, pas

d'indemnité. Alors, tu me raconteras que l'assurance n'a pas marché, que tu n'as rien touché.

Un homme les dévisagea avec insistance. Peut-être avait-il entendu la phrase de Lucienne? Ravinel promena à la ronde des yeux apeurés. Cette discussion dans la rue... C'était pire que tout!

— Lucienne! Je t'en supplie! Si tu pouvais imaginer tout ce que j'ai déjà supporté... Entrons là.

Ils venaient de traverser le carrefour Saint-Germain et longeaient le square adossé à l'église. Les bancs étaient mouillés. Une lumière triste coulait à travers les branches nues.

Pas de cadavre, pas d'indemnité. Ravinel n'avait pas, un seul instant, envisagé cet aspect du problème. Il s'assit sur un coin de banc. Cette fois, c'était la fin. Lucienne restait debout, près de lui et, de la pointe de son soulier, elle chassait des feuilles mortes. Les sifflets des agents, le glissement des voitures, de vagues ronflements d'orgues filtrant à travers la porte matelassée de l'église... la vie des autres! Ah! ne plus être Ravinel!

— Tu m'abandonnes, Lucienne?

— Pardon, je crois que c'est toi qui...

Il étendit sur le banc un pan de sa gabardine.

— Viens là... Nous n'allons tout de même pas nous disputer, maintenant?

Elle s'assit à son tour. Des femmes qui sortaient du square les regardèrent avec méfiance. Non, ces deux-là n'étaient pas des amoureux comme les autres.

— Pour moi, ça n'a jamais été une question d'argent, et tu le sais bien, reprit-il avec lassitude. Et puis, réfléchis un peu... Admettons que je veuille te mentir. Pourrais-je sérieusement espérer que tu n'apprendrais jamais la vérité?... Tu n'aurais qu'à venir à Enghien, à te renseigner, tu saurais tout de suite...

Elle haussa rageusement les épaules.

— Laissons l'assurance. Et si tu avais eu peur d'aller jusqu'au bout? Si tu avais flanché, si tu avais préféré cacher le corps, l'enterrer.

— Mais ce serait encore plus dangereux pour moi. Il ne pourrait plus s'agir d'accident, et je serais tout de suite soupçonné... Enfin, pourquoi aurais-je inventé le pneumatique, ou la visite à Germain?

Des vitrines s'allumaient dans le jour finissant. Les feux de position des voitures commençaient à briller, mais il faisait encore clair au carrefour. C'était l'heure indécise qu'il redoutait depuis toujours, l'heure qui mettait fin à ses jeux, autrefois, dans la chambre étroite où sa mère tricotait près de la fenêtre lentement obscurcie, et n'était plus qu'un profil noir dont les mains d'ombre semblaient jouer avec des couteaux. Il comprenait brusquement qu'il ne pouvait plus fuir. C'était fini, Antibes!

— Tu ne te rends donc pas compte, murmura-t-il. Si l'assurance ne paie pas, je n'aurai jamais la force de... de...

— Tu penses toujours à toi, mon pauvre ami, dit-elle. Si encore tu faisais quelque chose! Mais non. Tu te réfugies dans je ne sais quelles rêveries abracadabrantes. Je veux bien admettre que le corps a disparu. Qu'est-ce que tu as fait pour le retrouver? Un cadavre, ça ne se balade pas tout seul.

— Mireille a toujours fait des fugues.

— Comment? Tu te moques de moi!

Eh oui, il savait toute l'absurdité de sa remarque. Et pourtant, il devinait que cette histoire de fugue avait de l'importance, se rattachait, d'une certaine façon, à la disparition du cadavre. Il rapporta les paroles de Germain, et Lucienne, de nouveau, haussa les épaules.

— Soit! Mireille faisait des fugues de son vivant. Mais tu oublies toujours qu'elle est morte. Faisons abstraction de la lettre, de la visite à son frère...

C'était bien une expression de Lucienne : « Faisons abstraction! » Facile à dire.

— Ce qui compte, c'est le corps. Il est forcément quelque part.

— Germain n'est pas fou.

— Je n'en sais rien. Et je ne veux pas le savoir. Je raisonne sur des faits. Mireille est morte. Son cadavre a disparu. Tout le reste ne signifie rien. Donc, il faut chercher et retrouver ce cadavre. Si tu ne le cherches pas, cela prouve que nos projets ne t'intéressent plus. Dans ce cas...

Le ton signifiait clairement que Lucienne les poursuivrait seule, ces projets, qu'elle partirait seule. Un prêtre passa, enveloppé dans une longue mante. Il disparut, comme un conjuré, par une petite porte.

— Si j'avais su, dit Lucienne, j'aurais tiré mes plans d'une autre façon.

— C'est bon. Je chercherai encore.

Elle frappa du pied.

— Il ne s'agit pas de chercher mollement, Fernand. Tu n'as pas l'air de comprendre que cette disparition va devenir dangereuse. Il faudra que tu te résignes, un jour ou l'autre, à prévenir la police.

— La police, répéta-t-il, affolé.

— Dame! Ta femme ne donne plus signe de vie...

— Mais, la lettre?

— La lettre!... Oui, à la rigueur, elle peut te fournir un prétexte pour attendre... De même que l'histoire des fugues. Mais, en définitive, le résultat sera toujours le même. Simple question de temps. Il faudra y passer.

— La police!

— Oui, la police... Pas moyen d'y échapper. Alors, crois-moi, Fernand, n'attends pas, cherche. Cherche sérieusement. Ah! si je n'habitais pas si loin, je te jure bien que je la retrouverais, moi!

Elle se leva, tira sur son manteau, coinça son sac sous son bras, d'un geste sec.

— Il est l'heure, et je ne tiens pas à voyager debout.

Ravinel se dressa, pesamment. Allons! Il ne fallait plus compter sur Lucienne. Déjà, lors de la panne, n'avait-elle pas failli l'abandonner?... C'était normal, en somme. Ils n'avaient jamais été que deux associés, deux complices.

— Naturellement, tu me tiens au courant.

— Bien sûr, soupira Ravinel.

Ils n'avaient parlé que de Mireille et, le sujet semblant épuisé, ils n'avaient plus rien à se dire. Ils remontaient la rue de Rennes en silence. Déjà, ils n'étaient plus ensemble. Il suffisait de la regarder pour comprendre qu'elle se tirerait toujours d'affaire. Si la police devenait trop curieuse, c'est lui seul, il en était sûr, qui paierait. Il était habitué. Il payait depuis si longtemps!

— Je voudrais bien aussi que tu te soignes, dit Lucienne.

— Oh! tu sais...

— Je ne plaisante pas.

Exact! Elle ne plaisantait jamais. Quand l'avait-il vue détendue, souriante, confiante? Elle vivait à longue échéance, à des semaines, des mois de distance. L'avenir était son refuge, comme, pour la plupart des autres, le passé. Qu'attendait-elle de l'avenir? Il ne lui avait jamais posé la question, par une sorte de crainte superstitieuse. Il n'était pas très certain de tenir une grande place dans cet avenir.

— Ce que tu m'as dit tout à l'heure m'inquiète, reprit-elle.

Il comprit à quoi elle faisait allusion et, baissant la voix :

— Cela expliquerait tout, cependant.

Elle lui prit le bras, se serra un peu contre lui.

— Tu as cru voir la lettre, n'est-ce pas? Mais si, mon chéri, je commence à comprendre ce qui t'arrive. J'ai eu tort de m'emballer. On devrait toujours raisonner en médecin, vois-tu... Il n'y a pas de menteurs. Il n'y a que des gens malades. J'ai cru, sur le moment, que tu voulais me jouer un tour. J'aurais dû penser que le voyage de l'autre nuit... et tout ce qui l'avait précédé, avaient épuisé ta résistance.

— Mais, puisque Germain, de son côté...

— Laisse Germain. Son témoignage est on ne peut plus douteux, et tu en conviendrais le premier, si tu étais en état de réfléchir. Il faudra que je t'envoie voir Brichet. Il te psychanalysera.

— Et si je parle? Si je lui raconte tout?

Lucienne releva la tête d'un mouvement vif qui fit pointer son menton. Elle défiait Brichet et tous les confesseurs; elle défiait le bien et le mal.

— Si tu as peur de Brichet, tu n'auras pas peur de moi. Je t'examinerai moi-même. Et je te promets que tu ne verras plus de fantômes. En attendant, je vais te faire une ordonnance.

Elle s'arrêta sous un lampadaire, tira un bloc de son sac et se mit à griffonner. Ravinel sentait confusément combien cette scène était grinçante, fausse. Lucienne cherchait à le rassurer. Mais sans doute songeait-elle déjà qu'elle ne reviendrait pas, qu'elle ne le reverrait plus, et qu'il était perdu sans recours, comme un soldat qu'on abandonne à son poste, dans le no man's land, en lui affirmant que la relève ne tardera pas.

— Tiens!... J'indique presque uniquement des calmants. Tâche de dormir, mon petit. Tu vis sur tes nerfs depuis cinq jours. Ça peut très mal finir, tu sais.

Ils arrivaient à la gare. Le *Dupont* était illuminé. Peut-être était-ce un intersigne?... Les marchands de journaux, les taxis, la foule... Lucienne, de seconde en seconde, devenait une étrangère. Elle acheta une poignée de magazines. Elle pourrait donc lire!

— Si je partais, moi aussi?

— Fernand, es-tu fou? Tu as un rôle à jouer. Et elle eut ce mot étonnant :

— Après tout, Mireille était ta femme.

A croire qu'elle n'éprouvait aucun sentiment de culpabilité. Il avait souhaité que sa femme disparût. Elle lui avait apporté son intelligence, son initiative, moyennant une participation aux bénéfices. Ses responsabilités n'allaient pas au-delà. A lui de se débrouiller. Il songea — et ce n'était pas moins étonnant — qu'ils étaient bien seuls, Mireille et lui.

Il prit un billet de quai, et suivit Lucienne.

— Tu vas rentrer à Enghien? demanda-t-elle. Ce serait préférable. Commence dès demain à chercher pour de bon.

— Pour de bon, répéta-t-il avec une ironie douloureuse.

Ils longeaient une file de wagons déserts, franchissaient, sur un pont, une longue avenue balisée de feux qui semblaient se rejoindre, très loin, sous un ciel bas aux gonflements livides.

— N'oublie pas de passer à ta maison. Demande-leur un congé. Ils ne te le refuseront pas... Et puis, lis les journaux. Tu apprendras peut-être quelque chose.

Des consolations, tout cela. Des paroles vides. Une façon de combler le silence, de jeter entre eux une passerelle fragile qui s'effondrerait dans quelques minutes, pour tomber dans quel gouffre! Ravinel mit son point d'honneur à jouer le jeu jusqu'au bout. Il chercha un compartiment, trouva un coin dans un wagon neuf, qui sentait le vernis. Et Lucienne tint à demeurer sur le quai le plus longtemps possible. Il fallut qu'un contrôleur lui fît signe. Elle embrassa Ravinel avec une violence qui le surprit.

— Du courage, chéri. Téléphone-moi!

Le train se mit à rouler, très doucement. Le visage de Lucienne s'éloignait, n'était plus qu'une tache blanche. D'autres visages, aux portières, passaient, passaient, et tous les yeux regardaient Ravinel. Il tira sur son col. Il avait mal. Le train fondait dans un lointain troué de signaux polychromes. Ravinel pivota sur les talons et fit face.

IX

Avant de s'endormir, Ravinel songea un long moment aux paroles de Lucienne : « Un cadavre, ça ne se balade pas tout seul. » Le lendemain matin, après les premiers tâtonnements du réveil, il découvrit soudain un détail qui lui avait, jusqu'alors échappé, quelque chose de si simple qu'il demeura immobile, le visage crispé, le crâne plein de tumulte. Les papiers d'identité de Mireille étaient dans son sac, et le sac était à Enghien, dans la maison. Donc, rien ne permettait d'identifier le corps. Si les voleurs s'étaient débarrassés de leur compromettant fardeau, si on avait découvert... Parbleu! Et où vont-ils les cadavres anonymes? A la Morgue!

Ravinel fit sommairement sa toilette, puis téléphona boulevard de Magenta pour demander quelques jours de repos. Aucune difficulté. Il chercha ensuite, sur l'annuaire, l'adresse de la Morgue, se souvint à temps que la Morgue se nomme officiellement l'Institut médico-légal... Place Mazas, autrement dit, quai de La Rapée, à deux pas du pont d'Austerlitz. Enfin! Il allait savoir...

Il avait dormi à l'*Hôtel de Bretagne* et retrouva donc, en sortant, l'esplanade de la gare Montparnasse, mais il eut de la peine à s'orienter. Un épais brouillard verdâtre transformait la place en une sorte de plateau sous-marin, sillonné de formes bizarrement lumineuses. Le *Dupont* ressemblait à un paquebot coulé, feux allumés. Il brillait très loin, au fond des eaux, et Ravinel dut marcher longtemps pour l'atteindre. Il but un café, debout au comptoir, près d'un employé de la S.N.C.F. qui expliquait au garçon que tous les trains avaient du retard et que le 602, venant du Mans, avait déraillé près de Versailles.

« Et l'O.N.M. prétend que cette crasse va durer plusieurs jours. Paraît qu'à Londres, les piétons doivent circuler avec des lampes électriques. »

Ravinel ressentit une inquiétude sourde. Pourquoi le brouillard? Pourquoi le brouillard justement aujourd'hui? Comment reconnaître, parmi les silhouettes qui vous frôlent, celles qui sont vivantes et celles... Absurde! Mais comment faire pour empêcher cette brume visqueuse de pénétrer dans la poitrine, de tourner lentement dans la tête, comme une fumée d'opium? Tout devient faux, tout devient vrai, tour à tour.

Il jeta un billet sur le zinc, s'aventura sur le trottoir. Déjà, derrière lui, les lumières perdaient toute vigueur, cessaient d'être protectrices. Le vide moite commençait au ras du passage clouté, l'étendue indistincte où rôdaient pêle-mêle des moteurs, des phares blancs comme des yeux sans regard, et des bruits de pas, des bruits de pas à l'infini, sans que l'on pût savoir qui marchait. Un taxi stoppa devant le *Dupont*, et Ravinel se précipita. Il n'osa pas dire

« A la Morgue! » et bredouilla des explications confuses, que le chauffeur écouta d'un air dégoûté.

— Alors, faudrait vous décider. Où voulez-vous aller?

— Quai de La Rapée.

Le taxi démarra si brutalement que Ravinel fut renversé sur les coussins. Il regretta aussitôt sa décision. Qu'allait-il faire à la Morgue? Que dirait-il? Dans quel piège allait-il tomber? Car il y avait un piège quelque part. Un piège appâté avec un cadavre. Il revit, tout d'un coup, les verveux, les étranges engins de fil de fer, dont il expliquait le maniement à ses clients. « Là, vous attachez un morceau de viande ou de tripe de poulet... Vous immergez face au courant, le long des herbes... Le poisson ne s'aperçoit même pas qu'il est pris. » Il y avait un piège quelque part.

Un coup de frein fit hurler les pneus, et Ravinel piqua en avant. Le chauffeur, penché à la portière, invectivait le brouillard, le passant invisible. Il remit en marche, d'une secousse. De temps en temps, il essuyait le pare-brise, devant ses yeux, d'un revers de main, sans cesser de grommeler. Ravinel ne reconnaissait pas le boulevard, ne savait plus quel quartier on traversait. Est-ce que le taxi, lui-même, ne faisait pas partie du piège? Car Lucienne avait raison : un corps ne se volatilise pas. Mireille était peut-être capable de se manifester, de réapparaître, mais cela, c'était un problème à part, une affaire entre Mireille et lui. Tandis que le corps! Pourquoi l'aurait-on volé, puis abandonné? Où voulait-on en venir? La menace venait-elle de Mireille ou du corps de Mireille, ou des deux à la fois? Posée ainsi, la question avait quelque chose d'ahurissant, mais comment la poser autrement?

Des feux défilèrent à droite, troubles, tremblotants, sans doute la gare d'Austerlitz. Le taxi vira et s'enfonça dans une sorte de coton où s'empêtrait la lumière des phares. La Seine devait couler tout près, mais on ne voyait, à la portière, qu'un nuage immobile et, quand le taxi s'arrêta, un grand silence, à peine troublé par le moteur au ralenti, enveloppa Ravinel, un silence de cave, de souterrain, un silence qui prenait la valeur d'un avertissement. L'auto, effacée par la brume, s'éloigna lentement, et Ravinel perçut le bruit de l'eau, le bruit de gouttes tombant des toits, les clappements mouillés de la terre gorgée, le murmure d'un ruisseau, des rumeurs vagues, liquides, comme celles d'un marécage. Il songea au lavoir, et sa main se posa sur son revolver. C'était le seul objet dur sur lequel il pût prendre appui, dans l'universelle décomposition de l'espace. Il tâtonna, le long d'un parapet. Le brouillard lui rongeait les pieds, s'enroulait autour de ses mollets en effilochures froides. Il levait les jambes instinctivement, comme un pêcheur aventuré sur un fond mouvant. Le bâtiment se dressa soudain devant lui, comme sorti de terre. Il gravit des marches, entrevit, tout au fond d'un hall, une civière aux roues caoutchoutées, poussa une porte.

Un bureau, avec des classeurs et une lampe verte, qui découpait, par terre, un grand rond. Un radiateur, sur lequel ronronnait une casserole pleine d'eau. Il y avait de la vapeur, de la fumée de tabac et du brouillard. La pièce sentait le mouillé et le désinfectant. L'employé était assis derrière le bureau, sa casquette, timbrée d'un écusson d'argent, repoussée sur la nuque. L'homme, lui, faisait semblant de se chauffer au radiateur. Il portait un pardessus fripé et luisant à la hauteur des reins, mais il avait des souliers neufs qui craquaient, quand il remuait. Ils observaient Ravinel qui s'avançait, méfiant.

— Qu'est-ce que c'est? dit l'employé, en se balançant sur sa chaise.

C'était agaçant de sentir l'autre, derrière, d'entendre le léger grincement de ses chaussures.

— Je viens pour ma femme, fit Ravinel. Je rentre de voyage et elle n'est pas à la maison. Son absence m'inquiète.

L'employé jeta un coup d'œil sur l'homme, et Ravinel eut l'impression qu'il faisait un effort pour ne pas sourire.

— Vous avez prévenu le commissariat... Où habitez-vous?

— A Enghien... Non. Je n'ai encore prévenu personne.

— Vous avez eu tort.

— Je ne savais pas.

— La prochaine fois, vous saurez.

Déconcerté, Ravinel se tourna vers l'homme. Celui-ci, les mains près du tuyau, promenait ses regards dans le vide, distraitement. Il était gros, avec des poches sous les yeux, et un menton couleur de bougie, qui cachait presque le faux col.

— Depuis quand êtes-vous rentré de voyage?

— Depuis deux jours.

— C'est la première fois que votre femme s'absente?

— Oui... C'est-à-dire, non... Quand elle était toute jeune, il lui arrivait de faire des fugues Mais il y a des années que...

— Qu'est-ce que vous craignez, au juste?... Un suicide?

— Je ne sais pas.

— Comment vous appelez-vous?

Cela ressemblait de plus en plus à un interrogatoire. Ravinel faillit protester, remettre à sa place cet individu qui le détaillait, de bas en haut, tout en promenant sa langue sur ses dents. Mais il fallait savoir, à tout prix.

— Ravinel... Fernand Ravinel.

— Comment est-elle, votre femme?... Quel âge?

— Vingt-neuf ans.

— Grande?... Petite?

— Entre les deux. Un mètre soixante, environ.

— Ses cheveux, quelle couleur?

— Blonds.

L'employé se balançait toujours, les mains appuyées au bord de la table. Ses ongles étaient rongés, et Ravinel se tourna vers la fenêtre, aux verres opaques.

— Comment est-elle habillée?

— Elle porte un tailleur bleu marine. Enfin, je suppose.

C'était peut-être une faute, car l'employé regarda du côté du radiateur, comme s'il prenait l'inconnu à témoin.

— Vous ne savez pas comment votre femme est habillée?

— Non. D'habitude, elle porte un tailleur bleu, mais il lui arrive de mettre par-dessus un manteau bordé de fourrure.

— Vous auriez pu vérifier.

L'employé souleva sa casquette, se gratta le dessus du crâne, se recoiffa.

— Je ne vois que la noyée du pont de Bercy...

— Ah! On a trouvé...

— Tous les journaux d'avant-hier en ont parlé. Vous ne lisez donc pas les journaux?

Ravinel avait l'impression que l'homme, derrière lui, ne le quittait plus des yeux.

— Attendez-moi, fit l'employé.

Il pivota sur un pied de sa chaise, se leva et disparut par une porte où étaient cloués deux porte-manteaux. Ravinel, un peu perdu, n'osait plus bouger. L'autre l'examinait toujours, il en était sûr. Parfois, un soulier grinçait, imperceptiblement. L'attente devenait horrible. Ravinel imaginait des rangées de corps, sur des rayons. Le type à la cas-quette devait se promener devant ces rayons, comme un sommelier qui cherche un Haut-Brion 1939 ou un champagne carte dorée. La porte s'ouvrit.

— Si vous voulez venir?

Il y avait un couloir, et l'on débouchait dans une salle ripolinée, au sol carrelé, coupée en deux par une immense vitre. Le moindre bruit éveillait un écho interminable. Du plafonnier tombait une lumière crue, qui se multipliait en reflets blêmes. On songeait à une poissonnerie, après l'heure du marché. Ravinel aurait presque cherché à terre des débris d'algues et des morceaux de glace. Il aperçut un gardien, pous-sant un chariot.

— Approchez-vous. N'ayez pas peur.

Ravinel s'appuya à la vitre. Le corps glissait vers lui, et il crut voir Mireille sortant de la baignoire, les cheveux collés, sa robe mouillée dessinant les cuisses. Il réprima une espèce de hoquet; ses mains s'élargirent vers le verre; son souffle ternit la paroi transparente.

— Eh bien, eh bien, dit l'employé, jovialement.

Non. Ce n'était pas Mireille. Et c'était encore plus terrible.

— Alors?

— Non.

L'employé fit un signe, et le chariot disparut, remorqué par le gardien. Ravinel essuya son visage en sueur.

— La première fois, ça impressionne un peu, dit le préposé. Mais puisque ce n'est pas votre femme!

Il ramena Ravinel dans le bureau, s'assit.

— Je regrette. Enfin, c'est une façon de parler. Si nous avons du nouveau, on vous préviendra. Votre adresse?

— Le *Gai Logis*, à Enghien.

La plume grattait. L'autre était toujours près du radiateur, immobile.

— A votre place, je préviendrais le commissaire.

— Je vous remercie, balbutia Ravinel.

— Oh! Il n'y a pas de quoi.

Et il se retrouva dehors, les jambes molles, les oreilles sifflantes. Le brouillard était toujours aussi compact, mais une lueur rousse le pénétrait, le teintait, lui prêtait une consistance de mousseline, de linge mouillé. Ravinel songea au métro tout proche. Il s'orienta, traversa au jugé. Les voitures ne circulaient plus. Les bruits, déformés, semblaient voguer dans le silence, cheminant le long de pistes compliquées. Certains venaient de très loin; d'autres mouraient tout de suite, et l'on avait l'impression d'être escorté de présences, de faire partie d'un monde en marche, d'une sorte d'enterrement solennel et secret. De loin en loin, un lampadaire brillait en veilleuse, voilé d'un crêpe grisâtre et flottant. Mireille n'était pas à la Morgue. Que dirait Lucienne?... Et la Compagnie d'assurances? Fallait-il la prévenir?... Ravinel s'arrêta. Il étouffait. Alors, il entendit grincer des souliers, près de lui. Il toussa. Les pas s'arrêtèrent. Où? A droite? A gauche?... Ravinel se remit en route. Le grincement reprit, à quelques mètres en arrière. Ah! Ils étaient forts. Comme ils avaient bien su l'attirer à la Morgue!... Mais non... Personne ne pouvait savoir... Ravinel buta dans un trottoir, entrevit une silhouette qui s'écartait, fondait dans l'ouate. L'entrée du métro devait s'ouvrir à quelques mètres. Ravinel courut, croisant d'autres silhouettes, surprenant des visages qui semblaient se modeler sur place, dans la matière même de la brume, puis se déformaient, coulaient comme des cires. Le grincement était toujours perceptible. Peut-être l'homme voulait-il tuer? Un couteau sortant du brouillard, une douleur aiguë, jamais ressentie... Mais pourquoi? Pourquoi? Ravinel n'avait pas d'ennemis... sauf Mireille. Comment Mireille aurait-elle pu être son ennemie? Non, ce n'était pas cela.

Le métro... Et soudain les corps redevenaient visibles, hommes et femmes se recomposaient, brillant de mille gouttes attachées à leurs manteaux, à leurs cheveux, à leurs sourcils. Ravinel attendit l'homme devant le portillon. Il vit ses souliers au bord de la plus haute marche, son pardessus aux poches gonflées. Il passa sur le quai. L'homme le suivait. Peut-être était-ce lui qui avait enlevé le cadavre? Et maintenant, il s'apprêtait à dicter ses conditions.

Ravinel monta en tête de la rame, devina le pardessus qui s'engouffrait deux portes plus loin. A côté de Ravinel, un agent de police lisait *L'Équipe*. Il faillit le tirer par la manche, lui dire : « On me suit. Je suis en danger. » Mais ne se moquerait-on pas de lui? Et si, par hasard, on le prenait au sérieux, si on lui demandait des explications?... Non. Il n'y avait rien à faire. Rien.

Les stations défilaient avec leurs affiches gigantesques. Les courbes plaquaient Ravinel contre l'agent qui contemplait la forme envolée d'un sauteur à la perche. Semer le suiveur? Cela représentait trop d'efforts, de ruses, de feintes. Il valait mieux attendre. Est-ce que la vie méritait qu'on la défendît avec tant d'âpreté?

Ravinel descendit à la gare du Nord. Il n'avait pas besoin de se retourner. L'homme était derrière. Dès que la foule devenait moins dense, s'étirait le long des couloirs, le grincement reprenait, obstiné. « Ils veulent m'affoler! » songea Ravinel. Il atteignit le hall, prit son billet devant l'inconnu, qui demanda également un aller pour Enghien. L'horloge de la gare marquait dix heures cinq. Ravinel chercha un wagon inoccupé. L'homme serait obligé de se découvrir, d'abattre son jeu. Ravinel s'installa, posa un journal en face de lui, sur la banquette, comme pour retenir une place. Et l'homme apparut. Il désigna le coin.

— Vous permettez?

— Je vous attendais, dit Ravinel.

L'homme s'assit lourdement, après avoir repoussé le journal.

— Désiré Merlin, murmura-t-il. Inspecteur de la Sûreté, en retraite.

— En retraite?

Ravinel n'avait pu retenir la question. Il comprenait de moins en moins.

— Oui, dit Merlin. Je m'excuse de vous avoir suivi...

Il avait des yeux bleus, très pâles, très vifs, qui contrastaient avec les bouffissures de son visage. Il semblait bonasse, les coudes appuyés sur ses cuisses énormes, une chaîne de montre barrant le gilet. Il regarda autour de lui puis, se penchant en avant :

— Tout à l'heure, par le plus grand des hasards, j'ai surpris votre conversation, et j'ai pensé que je pourrais vous être utile. J'ai de grands loisirs, et vingt-cinq années d'expérience. Enfin, j'ai rencontré des douzaines de cas semblables au vôtre. Une femme disparaît, son mari la croit morte, et puis un beau jour... Croyez-moi, cher monsieur, il est souvent préférable d'attendre avant de mettre en branle la police officielle.

Le train démarra, roula lentement dans un paysage sans contours où se déplaçaient des taches lumineuses. Merlin toucha le genou de Ravinel, et reprit d'une voix de confesseur :

— Je suis très bien placé pour effectuer certaines recherches, et je peux enquêter sans bruit, discrètement... Évidemment, je ne ferais rien d'illégal, mais il n'y a aucune raison d'envisager...

Ravinel pensa aux chaussures craquantes, et se détendit. Ce Merlin avait plutôt une bonne tête. Il devait être à l'affût de petites affaires, ce qui expliquait sa présence à l'Institut médico-légal. Une retraite d'inspecteur, ça ne doit pas être énorme. Eh bien, il tombait à pic, ce Merlin. Peut-être réussirait-il, lui, à retrouver...

— Je crois, en effet, que vous pourriez me rendre service, dit Ravinel. Je suis voyageur de commerce et je rentre, en principe, chez moi, tous les samedis Or, avant-hier, je n'ai pas trouvé ma femme à la maison. Alors, j'ai patienté deux jours, et ce matin..

— Laissez-moi d'abord vous poser quelques questions, chuchota Merlin après un nouveau regard à la ronde. Depuis combien de temps êtes-vous marié?

— Cinq ans. Ma femme a toujours été très sérieuse, et je ne crois pas...

Merlin leva sa main grasse.

— Attendez! Vous avez des enfants?

— Non.

— Vos parents?

— Ils sont morts. Mais je ne vois pas...

— Laissez-moi faire. J'ai l'habitude, allez! Du côté de votre femme?

— Ses parents sont morts également, Mireille n'a plus qu'un frère, marié, qui habite à Paris.

— Bon. Je vois... Une jeune femme qui vit seule... Pas d'ennuis de santé?

— Aucun. Ma femme a juste fait une typhoïde il y a trois ans. Elle est très robuste. Sûrement beaucoup plus solide que moi.

— Vous avez signalé des fugues, là-bas? Avez-vous remarqué?...

— Non. Mireille m'a toujours paru très équilibrée. Elle était assez souvent nerveuse, oui, irritable. Mais pas plus qu'une autre, au fond.

— A voir! Pour le moment, j'essaie de faire le point... A-t-elle emporté une arme?

— Non. Et pourtant, il y avait un revolver à la maison.

— A-t-elle pris de l'argent?

— Non. Elle a même laissé son sac. Il contient quelques billets de mille. Nous gardions peu d'argent liquide.

— Elle était... Je veux dire · elle est econome?

— Oui, plutôt.

— Notez que, à votre insu, elle a très bien pu faire des économies importantes. Je me rappelle une certaine affaire, en 47...

Ravinel écoutait poliment. Il regardait la vitre striée de gouttes, la voie descendante, peu à peu visible sous le brouillard qui s'éclaircissait, par endroits. Avait-il raison? Avait-il tort? Il ne savait plus. Du point de vue de Lucienne, il agissait sagement, sans aucun doute. Mais du point de vue de Mireille?... Il sursauta. C'était idiot, cette réflexion. Et pourtant!... Est-ce que Mireille supporterait l'intrusion de ce policier? Est-ce qu'elle accepterait que Merlin enquêtât pour retrouver son corps? Merlin parlait, dévidait ses souvenirs avec nostalgie, et Ravinel s'efforçait de ne plus penser, de ne plus prévoir. On verrait bien. Les circonstances indiqueraient la décision à prendre.

— Comment?

— Je vous demande si votre femme n'a vraiment emporté aucun papier?

— Non. Sa carte d'identité, sa carte d'électrice, tout est resté dans son sac.

Le wagon cahota sur des aiguilles, ralentit

— Nous arrivons, fit Ravinel.

Merlin se leva, chercha son billet parmi les paperasses qui s'accumulaient dans ses poches.

— Évidemment, la première hypothèse qui se présente à l'esprit est celle d'une fugue. Si votre femme s'était suicidée, on aurait retrouvé son corps. Pensez! Après deux jours...

Pourtant, c'était ce corps qu'il fallait retrouver Mais comment expliquer à Merlin?... Le cauchemar recommençait. Ravinel eut envie de demander au gros homme ses papiers d'identité. Mais l'autre devait avoir pris ses précautions. La question ne le prendrait pas au dépourvu. Et puis, pourquoi douter? Le plus vraisemblable n'était-il pas encore qu'il s'agissait réellement d'un inspecteur? Non, il n'y avait rien à faire. Déjà, Merlin sautait sur le quai, attendait Ravinel. Impossible de fuir.

— Allons! dit Ravinel avec un soupir, la maison est à quelques minutes.

Ils marchèrent dans le brouillard qui les isolait mieux qu'un mur. Les souliers grinçaient de plus belle, et Ravinel devait tendre toute sa volonté pour ne pas céder à la panique. Le piège! Il était dans le piège. Merlin...

— Êtes-vous vraiment?...

— Comment?

— Non, rien... Tenez, nous voici à l'entrée de la rue. La maison est au fond.

— Vous avez de la chance de vous y reconnaître, dans cette purée de pois.

— L'habitude, inspecteur. Je rentrerais chez moi les yeux fermés.

Leurs pas résonnèrent sur le ciment, devant la grille, et Ravinel sortit ses clefs.

— Sait-on jamais? Il y a peut-être quelque chose dans votre boîte aux lettres? dit Merlin.

Ravinel poussa le vantail et le policier glissa la main dans la boîte.

— Il n'y a rien.

— J'aurais été surpris, grommela Ravinel.

Il ouvrit la porte du pavillon, et entra rapidement dans la cuisine où il escamota la lettre demeurée sur la table et dégagea le couteau fiché dans la porte.

— C'est gentil, chez vous, dit Merlin. Une petite maison comme ça, c'était mon rêve, autrefois.

Il se frottait les mains et releva son feutre, découvrant un crâne à peu près chauve, où le chapeau avait laissé une marque rouge.

— Faites-moi visiter, voulez-vous?

Ravinel l'introduisit dans la salle à manger, après avoir éteint dans la cuisine, par habitude.

— Ah! voici le sac! s'écria Merlin.

Il l'ouvrit et, le secouant par le fond, en vida le contenu sur la table.

— Pas de clefs? demanda-t-il, tout en éparpillant d'un doigt boudiné le poudrier, le portefeuille, le mouchoir, le bâton de rouge et un paquet de *High-Life* entamé.

Les clefs? Ravinel avait complètement oublié ce détail.

— Non! dit-il pour couper court. L'escalier est par ici.

Ils montèrent au premier. Dans la chambre, le lit était encore creusé à la place où Ravinel avait dormi.

— Je vois! fit Merlin... Cette porte, qu'est-ce que c'est?

— La penderie.

Ravinel l'ouvrit, écarta les vêtements.

— Rien ne manque... à l'exception d'un manteau bordé de fourrure, mais ma femme avait l'intention de le faire teindre, il est fort possible...

— Et le tailleur bleu? Vous avez dit là-bas...

— Oui, oui... Le tailleur manque aussi.

— Les chaussures?

— Elles sont toutes là, du moins les neuves. Mireille donnait ses vieilles affaires. Alors, comment savoir?

— Et cette pièce?

— Mon bureau. Entrez, inspecteur. Excusez le désordre... Tenez, prenez le fauteuil. J'ai là une bouteille de fine. Ça nous réchauffera.

Il tira d'un classeur une bouteille qui contenait encore un peu de cognac. Mais il n'y avait qu'un seul verre.

— Asseyez-vous. Je reviens. Je vais chercher un autre verre.

La présence de Merlin, maintenant, le rassurait un peu, lui permettait de reprendre pied dans la maison. Il descendit, traversa la salle à manger, entra dans la cuisine et s'arrêta brusquement devant la fenêtre. Là, derrière la grille, cette silhouette...

— Merlin!

Le cri devait être effroyable, car l'inspecteur se précipita, dévala les marches, apparut, livide

— Quoi? Qu'est-ce que vous avez?

— Là!... Mireille!

X

Il n'y avait personne dans la rue. Ravinel savait déjà que Merlin perdait son temps, qu'il était inutile de courir, de chercher.

— Enfin, vous êtes sûr, Ravinel?

Le policier revenait, le souffle court. Il avait été jusqu'au bout de la rue.

Non. Ravinel n'était pas sûr. Il avait cru... Il s'efforçait de retrouver son impression exacte, mais il aurait eu besoin de calme, de silence, et l'autre achevait de l'étourdir avec ses questions, ses allées et venues, ses grands gestes. La maison était trop petite, trop fragile pour un homme comme Merlin.

— Tenez, Ravinel (il avait spontanément supprimé le : Monsieur), vous me voyez?

L'inspecteur était reparti, s'était posté derrière la grille, et il devait crier pour se faire entendre. C'était ridicule. Ils avaient l'air de jouer à cache-cache.

— Alors?... Répondez.

— Non. Je ne vois rien.

— Et ici?

— Non plus.

Merlin regagna la cuisine.

— Allons. Ravinel. Avouez-le. Vous n'avez rien vu. Vous êtes troublé. C'est tout bêtement le pilier que vous avez pris...

Le pilier? Après tout, c'était peut-être la bonne explication... Et pourtant, non. Ravinel se rappelait que l'ombre avait bougé. Il se laissa tomber sur une chaise. Merlin, à son tour, collait son visage à la fenêtre.

— En tout cas, vous ne pouviez pas reconnaître... Pourquoi avez-vous crié : Mireille!

L'inspecteur se retournait. Il écrasait son menton sur sa poitrine, regardait Ravinel d'un air soupçonneux.

— Dites donc! Vous ne me faites pas marcher par hasard?

— Je vous jure, inspecteur!

Il avait juré, déjà, hier, à Lucienne. Qu'est ce qu'ils avaient, tous, à se méfier de lui?

— Voyons, réfléchissez un peu. S'il y avait eu quelqu'un dans la rue, j'aurais forcément entendu ses pas. Je n'ai pas mis dix secondes pour atteindre la grille.

— Pas forcément. Vous faisiez tant de bruit vous-même.

— C'est ça! C'est ma faute, maintenant.

Merlin respirait bruyamment, et ses bajoues tremblotaient. Il essaya de rouler une cigarette, pour se calmer.

— D'autant que je me suis arrêté un instant, sur le trottoir, pour écouter.

— Et alors?

— Et alors... Le brouillard n'empêche tout de même pas d'entendre marcher.

A quoi bon s'entêter, discuter, lui expliquer que

Mireille était devenue silencieuse comme la nuit, impalpable, insaisissable comme l'air? Peut-être était-elle là, tout près d'eux, dans la cuisine, attendant, pour se manifester de nouveau, le départ de l'importun. Faire rechercher une âme par un inspecteur de la P.J.! Grotesque! Comment avait-il pu sérieusement espérer que ce Merlin...

— Il n'y a pas trente-six solutions, reprit le policier. Vous avez eu une hallucination. Moi, à votre place, j'irais plutôt voir un médecin. Je lui raconterais tout .. mes soupçons, mes frayeurs, mes visions...

Il donna un coup de langue à sa cigarette, laissa longuement errer ses yeux sur les murs, sur le plafond, pour bien s'imprégner de l'atmosphère de la maison.

— Ça ne devait pas être drôle tous les jours, pour votre femme, observa-t-il... Et, avec ça, un mari, hum...

Il se recoiffa, boutonna lentement son pardessus, dominant Ravinel toujours assis.

— Elle est partie, tout simplement. Et j'ai comme l'impression qu'elle n'a pas tous les torts.

Voilà ce que penseraient les gens, puisqu'on ne pouvait leur dire : « J'ai tué ma femme. Elle est morte. » Il ne fallait plus compter sur personne. C'était bien fini.

— Combien vous dois-je, inspecteur?

Merlin sursauta.

— Mais, pardon.. Je ne voulais pas... Enfin, bon Dieu! si vous êtes sûr d'avoir vu quelque chose...

Ah! non. On n'allait pas recommencer Ravinel tira son portefeuille.

— Trois mille? Quatre mille?

Merlin écrasa sa cigarette sur le carreau. Il parut très vieux, tout d'un coup, besogneux, pitoyable.

— Ce que vous voudrez, murmura-t-il, et il regardait ailleurs, tandis que sa main tâtonnait sur la toile cirée, se refermait sur les billets.

— J'aurais voulu vous être utile, monsieur Ravinel... Enfin, bien entendu, si un fait nouveau se produisait, je reste à votre disposition. Voici ma carte.

Ravinel le reconduisit jusqu'à la grille. Tout de suite, l'inspecteur disparut dans la brume. Mais le grincement de ses souliers resta longtemps perceptible. De son point de vue, il avait raison. Le brouillard n'empêche pas d'entendre quelqu'un marcher.

Ravinel revint sur ses pas, referma la porte, et le silence s'abattit sur lui. Il faillit gémir et s'appuya au mur du vestibule. Cette fois, il en était sûr, quelque chose avait remué. Ils avaient beau le croire malade, tous. Il savait bien qu'il avait vu. Et Germain aussi affirmait qu'il avait vu. Mais Lucienne?... Elle n'avait pas seulement vu. Elle avait touché, palpé les chairs glacées. Elle avait fait *la preuve*. Alors?

Ravinel se pinça la peau, regarda ses mains. Pas d'erreur possible. Un fait est un fait. Il revint dans la cuisine et s'aperçut que le réveil était arrêté. Il en ressentit une sorte d'âpre satisfaction. S'il avait été malade, est-ce qu'il aurait remarqué ce détail? Il s'arrêta devant la fenêtre, pour recommencer l'expérience. Ah!... La boîte aux lettres. Il y avait une tache blanche derrière le grillage de la boîte.

Ravinel ressortit, s'approcha à pas lents, comme pour surprendre quelque bête endormie... Une lettre! Et cet idiot de Merlin n'avait rien remarqué!

Ravinel ouvrit la boîte. Ce n'était pas une lettre, mais un simple papier plié en deux.

Chéri,

Je suis désolée de ne pouvoir encore t'expliquer...
Mais je rentrerai certainement ce soir ou cette nuit.
Baisers.

L'écriture de Mireille!... Le billet était griffonné
au crayon, mais il n'y avait aucun doute possible.
Quand l'avait-elle écrit, ce billet? Où? Sur son
genou? Le long d'un mur?... Comme si Mireille
avait encore un genou! Comme si les murs pouvaient
offrir une résistance à sa main! Le papier, pourtant.
C'était du vrai papier, qu'on avait déchiré à la hâte.
Il restait même un fragment d'en-tête, imprimé
en lettres bleues : *...Rue Saint-Benoît...* Qu'est-ce que
ça veut dire, rue Saint-Benoît?

Ravinel pose le papier sur la table de la cuisine,
le lisse de la main. *Rue Saint-Benoît.* Il a le front
brûlant, mais il tiendra le coup. Il faut qu'il tienne
le coup. Doucement! Ne pas se crisper. Retenir sa
pensée qui cherche à fuir, comme la vapeur trop
comprimée dans la chaudière. Boire d'abord. Il y a
une bouteille de cognac dans le buffet. Il la saisit,
cherche le tire-bouchon. Tant pis! Pas le temps.
D'un coup sec, sur le bord de l'évier, il fait sauter
le goulot et l'alcool gicle un peu partout, poisseux
comme du sang. Il attrape un verre qu'il vide à
moitié. Il brûle, il gonfle. Il s'enfle de lave, comme
un volcan. *Rue Saint-Benoît.* L'adresse d'un hôtel.
Ce ne peut être que l'adresse d'un hôtel. La feuille
semble avoir été arrachée d'un bloc-notes, à la hâte.
Donc, il faut trouver cet hôtel. Et puis, après?...
Après, on verra. Mireille n'a pas pu louer une chambre,
d'accord. Mais elle veut sans doute qu'il se renseigne,
qu'il découvre cet hôtel. Peut-être se réserve-t-elle,

à ce moment-là, de lui faire le signe décisif, de l'attirer auprès d'elle?

Il se verse de l'eau-de-vie, en répand sur la toile cirée. Aucune importance. Il sent bien, maintenant, qu'il s'avance vers une sorte d'initiation religieuse. *Je suis désolée de ne pouvoir encore t'expliquer*... Il y a des secrets qu'on ne peut transmettre sans précautions, c'est évident. Et Mireille est depuis si peu de temps au courant! Sans doute ne sait-elle pas bien s'y prendre encore. Elle rentrera ce soir ou cette nuit. Bon! Mais elle a quand même pris la peine de venir déposer ce billet. Donc, il signifie quelque chose, quelque chose d'essentiel. Il signifie que chacun doit faire un effort pour rejoindre l'autre. Ils tâtonnent, chacun d'un côté de la vitre, comme là-bas, à la Morgue, où une paroi de verre sépare les vivants et les morts. Pauvre Mireille! Comme il comprend le ton de ses deux lettres! Elle n'est nullement fâchée. Elle est heureuse, en ce monde inconnu où elle l'attend. Elle ne songe qu'à lui faire partager sa joie. Et lui qui avait peur! Et Lucienne qui parlait du corps! Le corps ne compte pas. C'est une pensée, une préoccupation de vivant, le corps. Lucienne est matérialiste, fermée au mystère. D'ailleurs, tout le monde est devenu matérialiste... Curieux, tout de même, que Merlin n'ait pas découvert la lettre. Mais, justement, les gens comme lui ne peuvent voir certaines choses. Allons!

Il est plus de deux heures. Ravinel passe dans le garage, dont il remonte le rideau de fer. Il déjeunera plus tard. La nourriture, elle aussi, est une chose méprisable. Il met le moteur de la camionnette en marche et sort la voiture. Le brouillard a changé de couleur. Il est d'un gris bleuté, comme si la nuit commençait de l'imbiber. Les phares creusent dans cette cendre suspendue comme une double coulée liquide de lumière grasse. Ravinel ferme le garage, par habitude, saute sur son siège.

L'étrange voyage! Il n'y a plus ni terre, ni route, ni maisons, mais seulement des feux errants, des constellations vagabondes, des aérolithes qui gravitent dans un infini de fumée froide. Seules, les roues transmettent des indications utiles, signalent, par des bruits familiers, le bas-côté et ses gravillons, le pavé, des rails, puis un boulevard où l'on croit glisser sur une matière cirée. Il faut se pencher, surveiller le grisé immatériel des façades pour saisir le creux d'une avenue, semblable à l'entrée d'un fjord. Ravinel est lourd, engourdi, douloureux en dedans. Il parque au jugé, après le carrefour Saint-Germain.

La rue Saint-Benoît! Elle n'est, heureusement, pas longue. Ravinel suit le trottoir de gauche, rencontre tout de suite le premier hôtel, un petit hôtel pour habitués, avec un tableau où ne sont pas suspendues plus de vingt clefs.

— Savez-vous si Mme Ravinel est descendue ici?

On le toise. Ses vêtements sont en désordre et il n'est pas rasé. Son aspect doit être vaguement inquiétant. On veut bien, cependant, consulter les fiches.

— Non. Je ne vois pas. Vous devez faire erreur.
— Merci.

Deuxième hôtel, d'aspect modeste. Personne à la réception. Il entre dans un petit salon, près de la caisse. Quelques fauteuils en rotin, une plante verte, des indicateurs fatigués sur une table basse.

— Quelqu'un?

La voix de Ravinel résonne, méconnaissable. Il se demande soudain ce qu'il vient faire dans cet hôtel où il n'y a personne. N'importe qui pourrait fouiller les tiroirs de la caisse, ou bien se faufiler dans l'escalier menant aux chambres.

— Quelqu'un?

Des savates qu'on traîne. Un vieil homme, aux yeux larmoyants, sort d'une arrière-cuisine. Un chat noir autour de ses jambes, la queue verticale et vibrante.

— Savez-vous si Mme Ravinel est descendue ici?

L'homme place sa main en pavillon autour de son oreille, penche la tête.

— Mme Ravinel.

— Oui, oui. J'entends bien.

Il clopine jusqu'à la réception. Le chat saute sur la caisse, ferme à demi ses yeux verts en observant Ravinel. Le vieux ouvre un livre, chausse des lunettes à branche de métal.

— Ravinel... Voilà! C'est bien ici.

Les yeux du chat ne sont plus qu'une fente mince. Il ramène frileusement sa queue et la boucle sur ses pieds tachés de blanc. Ravinel déboutonne son imperméable, son veston, passe un doigt dans son col.

— Je dis : Mme Ravinel.

— Oui, oui. Je ne suis pas sourd. Mme Ravinel. Parfaitement!

— Elle est là?

L'homme retire ses lunettes. Ses prunelles pleines d'eau se fixent sur les casiers où l'on suspend les clefs, et où l'on dispose le courrier des clients.

— Elle est sortie. Voici sa clef.

Quel casier regarde-t-il?

— Elle est sortie depuis longtemps?

Le vieux hausse les épaules.

— Si vous croyez que j'ai le temps de regarder passer les gens. Ils vont, ils viennent. C'est leur affaire.

— Vous l'avez vue, Mme Ravinel?

Le bonhomme caresse machinalement le crâne du chat. Des rides se dessinent autour de ses yeux, tandis qu'il réfléchit.

— Attendez!... Ce n'est pas une blonde... jeune... avec un manteau bordé de fourrure?

— Elle vous a parlé?

— Non. Pas à moi. C'est ma femme qui l'a inscrite.

— Mais... vous l'avez entendue parler?

Le vieux se mouche, s'essuie les paupières.

— Vous êtes de la police?

— Non, non, bredouille Ravinel. C'est une amie. Je la cherche depuis quelques jours. A-t-elle des bagages?

— Non.

Le ton est devenu sec. Ravinel risque une dernière question.

— Savez-vous quand elle rentrera?

Le vieux referme son livre qui claque, glisse ses lunettes dans un étui verdâtre

— Celle-là... on ne sait jamais. On la croit dehors, elle est dedans. On la croit dedans, elle est dehors... Peux pas vous renseigner.

Il s'éloigne, voûté, boitillant, et le chat le suit, en gonflant son dos le long du mur

— Attendez, crie Ravinel.

Il tire de son portefeuille une carte de visite.

— Je vais toujours lui laisser cela.

— Oh! Si vous voulez.

Et le bonhomme pose de biais la carte dans un casier. *Numéro 19*. Ravinel sort, s'engouffre dans un

café voisin. Il lui semble que sa bouche est de cuir.
Il s'assied dans un coin.

— Cognac!

Est-elle là, vraiment? Le vieux avait-il l'air tellement certain de son existence? Et pas de bagage,
pas même une mallette. On la croit dedans, elle est
dehors. On la croit dehors, elle est dedans. C'est
exactement cela. S'il savait, le pauvre vieux bonhomme, quel genre de voyageuse il loge!... Peut-être
aurait-il fallu parler à sa femme, la seule personne
qui ait causé avec la locataire au manteau bordé de
fourrure. Mais, justement, elle n'était pas là. Il y
avait ainsi toute une série de témoignages qui semblaient indubitables et qui, pourtant, dès qu'on les
retournait, perdaient de leur force, de leur poids.

Ravinel jette un billet sur sa table, se précipite
dans la rue. Le brouillard lui mouille le visage, un
brouillard qui sent la suie, le ruisseau, le rance.
Ravinel fait trois pas. Le hall de l'hôtel est vide.
Il pousse la porte qu'un amortisseur referme doucement. La clef est toujours suspendue sous le numéro
de cuivre, et la carte n'a pas bougé. Il marche sur la
pointe des pieds. A peine s'il respire. Sa main décroche
la clef, sans faire tinter la plaque qui lui est attachée.
Le 19 doit être au second, sinon au troisième. Le tapis
qui couvre les marches de l'escalier brille d'usure,
mais le bois ne grince pas. Seulement, il n'y a pas de
lumière. Bizarre, cet hôtel endormi! Voici le palier
du premier étage. Un gouffre de nuit. Ravinel cherche
son briquet, l'allume, le tient à bout de bras. Un tapis
brun s'enfonce dans la pénombre d'un corridor. Pas
plus de quatre ou cinq chambres de chaque côté,
vraisemblablement. Ravinel poursuit son ascension.
De temps en temps, il se penche sur la rampe et

aperçoit, tout en bas, dans une écœurante lumière blafarde, quelque chose qui pourrait être une bicyclette. Mireille savait ce qu'elle faisait, en venant chercher refuge ici. Mais pourquoi penser qu'elle cherche un refuge? C'est plutôt lui, qui, s'il en avait le courage...

Le palier du second. A la lueur du briquet, Ravinel éclaire les numéros des chambres. 15... 17... 19... Il éteint, écoute. Quelque part, un lavabo se vide. Doit-il entrer? Ne va-t-il pas découvrir sur le lit, un cadavre encore imprégné d'eau? Non! il faut chasser de telles idées... Ravinel essaie de compter, de fixer son attention sur un objet anodin. Il tremble. On doit l'entendre de l'intérieur

Le briquet rallumé découvre la serrure. Il introduit la clef, attend. Rien ne bouge. C'est stupide cette terreur sans nom, alors qu'il n'a rien à craindre. Mireille est une amie, maintenant. Il tourne le bouton de la porte, se glisse dans la chambre.

La pièce est vide, sombre. Alors, il réunit toutes ses forces, traverse la chambre, tire les rideaux et allume le plafonnier. La lumière trop jaune éclaire pauvrement le lit de fer, la table couverte d'un tapis taché, l'armoire peinte, le fauteuil élimé. Cependant, quelque chose trahit une présence : le parfum de Mireille. Impossible de s'y tromper. Ravinel tourne sur lui-même, aspire l'air, délicatement. C'est bien son parfum, tantôt à peine perceptible, tantôt concentré, presque puissant. Un parfum bon marché, de chez Coty. Beaucoup de femmes l'utilisent. Est-ce une simple coïncidence? Mais ce peigne, sur la tablette du lavabo?

Ravinel le tient dans ses mains, sent son poids dans ses paumes. Est-ce une coïncidence, cela? Il l'a acheté à Nantes, dans un magasin de la rue de la Fosse. Et la dernière dent est cassée à mi-hauteur. Il n'y a pas deux peignes semblables dans Paris. Et les cheveux dorés encore enroulés autour du manche! Et cette boîte de bi-oxyne, dont le couvercle, servant de cendrier, porte une cigarette à peine entamée, une *High-Life*. Car Mireille s'obstine à fumer des *High-Life*. Elle ne les aime pas, mais le nom lui plaît. Ravinel est obligé de s'asseoir sur le lit. Il voudrait pleurer, sangloter, la tête dans l'oreiller, comme il faisait autrefois, quand il n'avait pas su répondre à une question posée par son père. Aujourd'hui encore, il ne sait pas répondre. Il répète tout bas : « Mireille... Mireille... », en regardant le peigne et les cheveux qui brillent. S'il n'y avait pas ces cheveux, il serait moins malheureux, peut-être. Il revoit les cheveux, les autres, ceux que l'eau avait assombris et qui adhéraient à la peau du visage comme un tatouage. Et voilà : il ne reste plus que ce peigne et cette cigarette au bout marqué de rouge. Il faut qu'il déchiffre ce signe, qu'il comprenne ce que Mireille attend de lui.

Il se lève. Il ouvre l'armoire, les tiroirs. Rien. Il met le peigne dans sa poche. Aux premiers temps de leur mariage, il lui arrivait de peigner Mireille, le matin. Ces cheveux, retombant sur les épaules nues, comme il les aimait! Parfois, il y enfouissait ses lèvres, pour sentir leur odeur d'herbe coupée, de terre sauvage. C'est cela, le signe! Mireille n'a pas voulu laisser ce peigne là-bas, à la maison, où il se fût dépouillé de toute signification, et elle est venue le déposer dans cette chambre anonyme pour rappeler le temps de leur amour. C'est clair. Elle ne pouvait rien expliquer. Il fallait qu'il s'engageât pas à pas sur la sombre route, qu'il essayât de la rejoindre. Et le billet lui donne rendez-vous : *Je rentrerai certainement ce soir ou cette nuit.*

Maintenant, il ne peut plus douter; il verra Mireille. Elle se rendra sensible à ses yeux. L'initiation est presque terminée. Les noces sont pour ce soir. Il a la fièvre et il est calme, tout à coup. Il porte à sa bouche la cigarette. Il ne veut pas savoir quelles lèvres l'ont pressée, et il réprime la nausée qui lui gonfle la gorge à l'instant où il la presse à son tour. Mireille, souvent allumait les cigarettes avant de les lui passer. Il fait jaillir la flamme de son briquet, souffle la première bouffée de fumée. Il est prêt. Un dernier regard sur cette chambre où il vient de prendre, malgré lui, une résolution qu'il n'ose formuler.

Il sort, tourne la clef, aperçoit deux points phosphorescents au bout du couloir. Quelques minutes plus tôt, il aurait sans doute perdu connaissance, tellement il était tendu, contracté. Maintenant, il avance vers ces deux yeux immenses qui l'observent, du fond de la nuit, distingue le chat noir assis sur le palier. Le chat descend devant lui, se retourne, et les deux lunes pâles restent une seconde suspendues. Ravinel ne cherche même pas à étouffer le bruit de ses pieds sur les marches. Il arrive au rez-de-chaussée, et le chat miaule une fois, une seule, d'une façon qui vous fouille le cœur. Le vieux apparaît, au seuil de sa cuisine.

— Elle n'était pas là? murmure-t-il simplement.

— Si, dit Ravinel en raccrochant la clef.

— Je vous avais bien prévenu, reprend le vieux On la croit dehors, elle est dedans. C'est votre femme, hein?

— Oui, dit Ravinel. C'est ma femme.

Le vieux secoue la tête, comme s'il avait prévu ce qui arrive. Il ajoute, comme se parlant à lui-même.

— Avec les femmes, faut de la patience.

Il fait demi-tour, avec son chat. Ravinel ne s'étonne plus. Il se rend bien compte qu'il vient de pénétrer dans un monde où les lois de l'existence commune ne s'appliquent plus de la même façon. Il traverse le hall. Son cœur bat très vite, comme il arrive quand on a bu plusieurs tasses de café fort. Le brouillard s'est épaissi. On sent sa fraîcheur jusqu'au fond des poumons. Le brouillard est fraternel. On voudrait s'en emplir et s'effacer peu à peu, s'incorporer à lui. Encore un signe. Il a commencé à Nantes, le soir où... Il est là, comme une barrière protectrice. Seulement, il faut savoir le sens de tout cela!

Ravinel cherche sa voiture. Il va être obligé de rouler en seconde jusqu'à Enghien. Il démarre, actionne son klaxon. Ses phares, placés à la hauteur de la barre de direction, étalent une nappe de clarté malade sur la chaussée. Il est un peu plus de cinq heures.

Ce retour est paisible. Ravinel a l'impression d'être délivré. Non pas d'un fardeau, mais de l'ennui qui traîne dans tout son passé, comme une brume tenace. Ce métier absurde, cette vie impossible, de client en client, d'apéritif en apéritif. Il pense à Lucienne, mais sans la moindre chaleur. Elle est loin, Lucienne. Elle s'estompe. Elle a juste servi à le rapprocher de la vérité. Et s'il ne l'avait pas rencontrée, il aurait quand même, à la longue, fini par comprendre.

L'essuie-glace bourdonne et précipite ses raides coups d'éventail. Ravinel sait qu'il ne s'égare pas. Un sens infaillible de l'orientation le guide au milieu du nuage. Il est presque le seul, d'ailleurs, à circuler. Les autres ont eu peur. Il leur faut la pleine lumière, les itinéraires bien balisés, les agents aux carrefours. Ravinel, pour la première fois, se risque hors des chemins fréquentés, prend une initiative d'homme. Il évite de penser à ce qui l'attend, là-bas, au rendez-vous d'Enghien, mais il est plein de douceur et presque de miséricorde. Il accélère un peu, sur la route. Un des cylindres tape. Normalement, il faudrait le montrer au garagiste. Mais rien n'est plus normal. Et toutes ces petites préoccupations matérielles sont, désormais, dépassées.

Une voiture l'éblouit, le frôle, et il éprouve une onde, tout de suite amortie, de frayeur. Mais il ralentit. Ce serait trop bête, un accident, ce soir. Il tient à arriver chez lui lucide et résolu. Il aborde avec précaution le dernier virage, découvre les premiers feux d'Enghien, plus pâles que des veilleuses. Il change de vitesse; voici sa rue. Il a un peu froid. L'auto court sur son élan. Il freine devant la grille. Malgré la brume, il aperçoit de la lumière, derrière les persiennes.

XI

Il y a de la lumière derrière les persiennes. Ravinel hésite un peu. S'il était moins fatigué, peut-être, au dernier moment, n'entrerait-il pas. Peut-être même se sauverait-il en hurlant. Il touche le peigne, dans sa poche, regarde vers le haut de la rue. Personne ne peut plus le voir, et même si on le voyait, on se dirait seulement : « Tiens! M. Ravinel qui rentre », et on penserait à autre chose. Il est descendu de la camionnette et il se tient devant la grille. Tout se passe exactement comme d'habitude. Il va trouver Mireille dans la salle à manger, en train de coudre. Elle lèvera la tête.

— Alors, chéri, tu as fait un bon voyage?

Et il se déchaussera, pour ne pas salir l'escalier en montant se déshabiller. Ses chaussons seront posés sur la première marche. Ensuite...

Ravinel enfonce sa clef dans la serrure. Il revient. Tout est effacé. Il n'a jamais tué. Il aime Mireille. Il a toujours aimé Mireille. Il s'était imaginé, à cause de la routine de la vie... Mais non. C'est Mireille qu'il aime. Il ne reverra jamais Lucienne. Il entre.

Le vestibule est éclairé. Dans la cuisine, l'ampoule brille au-dessus de l'évier. Il referme la porte et dit

machinalement . « C'est moi... Fernand! » Il renifle
un peu. Cela sent le ragoût. Il pénètre dans la cuisine.
Sur le gaz, deux casseroles fument. La flamme a été
réglée par une main adroite et économe. A peine si
elle se boursoufle, autour de chaque trou, en une
goutte bleuâtre. Le carrelage a été lavé. Le réveil a
été remonté. Il marque sept heures dix. Tout est
net, astiqué, reluisant, et l'odeur du ragoût embaume
la pièce. Malgré lui, Ravinel soulève le couvercle
d'une casserole. Du mouton avec des haricots, le
plat qu'il préfère. Mais pourquoi justement du mouton? Tout cela est trop intime, trop... gentil. Tant
de paix doucereuse, de calme ambigu... Il préférerait
un peu de drame. Il s'appuie un instant au buffet.
La tête lui tourne. Il faudra demander un remède
à Lucienne. A Lucienne? Mais alors... Il souffle
creux, comme un plongeur qui remonte de Dieu sait
quelles profondeurs!

La porte de la salle à manger est entrebâillée.
Il aperçoit une chaise, un coin de table, un peu de
tapisserie bleue. Une tapisserie semée de petits
carrosses et de minuscules donjons. C'est Mireille
qui a choisi ce dessin, rappelant les *Contes* de Per-
rault. Elle se tient, la plupart du temps, près de
la cheminée où elle allume une flambée, quand il
fait humide. Ravinel reste devant la porte, la tête
basse, comme un coupable. Et pourtant, non, il
ne cherche pas ses mots, il n'assemble aucune excuse.
Il attend que son corps obéisse, et son corps se
raidit, se cabre, s'accroche au plancher, supplie, se
débat dans une lutte immobile et muette. Il y a
soudain deux Ravinel, comme il y a deux Mireille.
Il y a deux esprits qui se cherchent et deux corps
qui se repoussent. Quelque chose craque, pétille dans

la salle à manger. Le feu. Le feu est allumé. Pauvre Mireille! Elle doit avoir tellement froid! Instantanément, surgit l'image de la baignoire. Non, non! C'est faux!

Ravinel pousse un peu la porte, en tremblant. Il voit mieux la table. Le couvert est mis. Il reconnaît sa serviette, dans un rond de buis. La lumière du lustre scintille sur l'arrondi de la carafe. Chaque objet est accueillant et redoutable.

« Mireille! »

C'est lui qui murmure, qui demande la permission d'entrer. Quel aspect a-t-elle choisi? Celui qu'elle avait avant de... Ou celui d'après... avec les cheveux collés, les narines pincées... Ou peut-être un autre encore, l'aspect fluide et blanchâtre des ectoplasmes? Voyons! Ne pas se laisser aller. Ne pas perdre... C'est le garagiste qui dit cela : ne pas perdre les pédales.

Il achève de pousser la porte, l'ouvre toute grande jusqu'à ce qu'elle touche le mur. Le fauteuil est vide, près du feu qui flambe, derrière le pare-étincelles de cuivre. Il y a deux couverts sur la table. Pourquoi deux?... Mais pourquoi pas deux? Il enlève son imperméable, le jette sur le fauteuil... Ah! Un billet sur l'assiette de Mireille. Cette fois, elle s'est servie du papier à lettres de la maison.

Mon pauvre chéri,

Nous jouons décidément de malheur. Dîne sans moi. Je reviens

Je reviens! Quel mot étrange! Elle ne l'a pas fait exprès et pourtant cela dit tout. Il examine encore une fois l'écriture, comme s'il pouvait douter. Mais pourquoi Mireille n'a-t-elle pas signé ses deux derniers billets? Peut-être, là où elle est maintenant, n'a-t-elle plus de personnalité définie. Ce qui l'individualisait s'est atténué... Si c'était vrai! Si l'on pouvait laisser tomber tout son fardeau d'un coup, passé, destin et jusqu'à son nom! Ne plus être Ravinel. Ne plus porter le nom ridicule de ce petit professeur maniaque qui a terrorisé son enfance. Ah! Mireille! Quelle espérance!

Il tombe lourdement dans le fauteuil et, déjà, ses mains rassurées délacent les souliers, puis tisonnent. Il fait tiède, près du foyer, comme dans une couveuse. Quand Mireille sera là, il faudra tout lui expliquer... Il faudra lui parler de Brest, car c'est à Brest que tout a commencé... Ils n'ont jamais osé se raconter leur enfance. Que sait-il de Mireille? Elle est entrée dans sa vie à vingt-quatre ans, comme une étrangère. Que faisait-elle dix ans plus tôt, quand elle n'était encore qu'une fillette avec un nœud dans les cheveux? Savait-elle jouer toute seule? A quels jeux secrets? Peut-être au jeu du brouillard, elle aussi. Avait-elle peur, le soir? Était-elle poursuivie, dans ses rêves, par une espèce d'ogre brandissant des ciseaux semblables à deux faux croisées? Quelles études a-t-elle faites? Avec quelles camarades? Qu'est-ce qu'elles se racontaient, entre elles, les petites filles? Pourquoi Mireille se sentait-elle soudain obligée de partir, de partir très loin, jusqu'à Antibes, qui sait? Ils ont vécu, l'un près de l'autre, en ignorant qu'ils souffraient du même mal qui n'a pas de nom. Ils étaient là, dans cette maison trop silencieuse, et ils auraient voulu être ailleurs, n'importe où pourvu qu'il y eût du soleil, des fleurs, du paradis. Lui, il croit toujours au paradis. Il revoit sœur Madeleine, qui lui enseignait le catéchisme. Elle parlait du péché, avec un air féroce. Elle était très vieille, sous sa cornette pointue et, quelquefois, elle semblait méchante. Mais quand elle parlait du paradis, on était bien obligé de la croire. Elle le décrivait comme si elle l'avait vu : un grand parc ruisselant de lumière... des bêtes partout, de douces bêtes aux yeux tendres, et d'étranges fleurs bleues et blanches. Et elle ajoutait, en baissant les yeux sur ses vieilles mains cassées et un peu noires dans les plis : « On ne travaillera plus jamais, plus jamais. » Et lui, il se sentait triste et heureux, à la fois. Il était déjà sûr que ce serait très difficile d'entrer au Paradis.

Il se lève, porte ses souliers dans la cuisine, les pose à leur place, sur une planche, à côté du buffet. Ses chaussons l'attendent, au pied de l'escalier, des *charentaises* qu'il a achetés à Nantes, près de la place Royale. Absurde de se rappeler tous ces détails, mais sa mémoire est surexcitée. Il a la tête pleine d'images. Il éteint le gaz. Il n'a pas faim. Mireille non plus n'aura pas faim. D'ailleurs, elle ne peut plus avoir faim. Il gravit les marches, lentement, une main sur son côté. La lampe de l'escalier est allumée. Dans la chambre aussi, il y a de la lumière, ainsi que dans le bureau. Cela donne à la maison un air de fête. Quand ils sont venus l'habiter, il avait pris soin d'allumer partout, la première fois, pour que la surprise fût encore plus totale et plus émouvante, et Mireille battait des mains, touchait les meubles, les murs, comme pour se persuader qu'elle ne rêvait pas. Il va, vient, désœuvré, un point de migraine derrière la tempe. Le lit a été refait. La bouteille vide n'est plus sous l'armoire. Le bureau aussi a été rangé. Il s'assied devant la table où s'empilent des chemises multicolores. Chez *Blache et*

Lehuédé, on lui a demandé un rapport... Un rapport sur quoi?... Il a oublié. Tout cela est si loin, si inutile! Un léger bruit dehors Il traverse le bureau, puis la chambre, écoute, près de la fenêtre qui s'ouvre sur la rue. On entend un pas d'homme, puis une porte se referme L'employé de la S.N.C.F. qui rentre.

Ravinel revient dans son bureau. Il a laissé toutes les portes ouvertes pour ne pas être surpris. Il reconnaîtra probablement à un glissement, à un frôlement, la présence de Mireille. Pourquoi fouille-t-il les tiroirs de sa table de travail? Besoin de récapituler son existence, de faire le point? Ou nécessité de tromper l'attente, de remuer des paperasses pour fixer une attention qui s'éparpille douloureusement? En bas, le réveil bat la seconde, sourdement. Il est un peu plus de sept heures et demie. Des papiers, il y en a plein les tiroirs. Prospectus, brouillons de rapports, réclames pour des appâts, des moulinets, des cannes à lancer, des devons... Photographies de pêcheurs, sur le bord d'un canal, d'un étang, d'une rivière... Extraits de presse : « *Le concours de pêche de Nort-sur-Erdre... — Un pêcheur de la Gaule redonnaise capture un brochet de douze livres. Il employait la soie Ariane...* » Tant de futilités, pour en arriver à cette veillée! Une vie sans importance!

Dans le tiroir de gauche, le matériel à fabriquer les mouches. Ravinel éprouve un rapide regret. Il a été un artiste, malgré tout, à sa manière. Il a inventé des mouches artificielles, comme d'autres inventent de nouvelles fleurs. Dans le catalogue de la maison, il y a une page en couleurs consacrée aux mouches Ravinel. Les casiers du tiroir sont pleins de poils, de duvets, de plumes, de petits corps tremblants qui s'entassent, comme un essaim frileux, comme une éclosion d'éphémères que la première fraîcheur du soir abat en tas, au pied d'un mur. C'est un peu répugnant, cet amoncellement de bestioles velues. On a beau savoir qu'elles sont faites de fil, de plume et de métal, elles font songer, surtout les vertes, les cantharides, à un charnier secret.

Ravinel repousse le tiroir. Il n'aura plus le temps d'écrire le livre qu'il méditait sur les mouches. Quelque chose va se perdre, qui aurait pu... Allons! pas de faiblesse. Il écoute. Le silence est si profond, si uni, qu'il lui semble entendre couler le ruisseau, près du lavoir. C'est une illusion, évidemment. Une illusion désagréable, qu'il faut écarter par tous les moyens. Il plonge les mains dans un autre tiroir, brasse du papier dactylographié, des doubles, des copies, trouve au fond une liasse d'ordonnances. Ah! oui, comme c'est vieux! C'est antérieur à son mariage. Il s'était imaginé qu'il avait un cancer parce qu'il ne pouvait plus manger et qu'il restait des nuits entières, éveillé, frissonnant, un goût de sang dans la bouche. Et puis, il a compris qu'il se faisait peur avec un mot, qu'il s'imposait une sorte de châtiment, comme s'il eût été juste qu'un mal rongeât ses entrailles, jour après jour. Il se représentait le cancer sous la forme d'une araignée parce que, tout petit, il défaillait à la vue des araignées, et il y en avait, dans l'appartement de Brest, c'était incroyable ce qu'il y en avait. Qui sait même s'il ne s'est pas intéressé aux mouches parce que...

L'escalier a craqué et Ravinel reste immobile, aux aguets. Un craquement net, et puis plus rien, que le trottinement du réveil, en bas. C'est probablement le chêne qui travaille. Toutes ces lampes allumées, cela fait lugubre, tout d'un coup. Et si Mireille apparaissait. là, au seuil du bureau, il sent que quelque chose craquerait aussi, en lui-même, se briserait avec un son clair, et qu'il s'abattrait foudroyé. Il sent, mais ça ne veut rien dire. Il sentait bien le cancer, et pourtant il est toujours vivant. On ne meurt pas si facilement. La preuve, c'est qu'il a fallu deux chenets... Assez! Assez!

Il se dresse, repousse le fauteuil pour faire du bruit et rompre l'envoûtement. Il marche, d'un mur à l'autre, puis entre dans la chambre, ouvre la penderie. Les robes sont là, suspendues à leurs cintres, figées dans une âcre odeur de naphtaline. Encore un geste idiot. Qu'est-ce qu'il s'attendait à découvrir?... Il claque la porte du pied, descend l'escalier. Ce calme! D'habitude, on entend rouler les trains. Mais le brouillard a étouffé toute vie. Il n'y a que ce réveil de malheur! Neuf heures moins le quart. Jamais elle n'est rentrée si tard! C'est-à-dire que... Il hausse les épaules. Il se voit agir. Il s'entend parler. Et, en même temps, des idées saugrenues éclatent dans son esprit. Il est sûrement arrivé un ennui à Mireille... Un accident!... Des idées d'avant, qui se mêlent aux idées d'après... Et tout cela gronde, tournoie, pèse sur les parois de son crâne. Il fait un crochet par la salle à manger. Le feu charbonne. Il faudrait aller chercher d'autre bois à la cave. Mais il n'a pas le courage d'aller à la cave. Le piège est peut-être tendu dans la cave? Quel piège? Il n'y a pas de piège.

Il se verse un peu de vin qu'il boit à petites gorgées parcimonieuses. Comme elle tarde! Il remonte. Il est lourd, lourd. Et si elle ne vient pas? Devra-t-il attendre jusqu'au matin et, de nouveau, jusqu'au soir, et encore et encore.. Il arrive au bout de toute résistance possible. Si elle ne vient pas, c'est lui qui ira au-devant d'elle. Il sort son revolver, tout tiède d'une bonne chaleur vivante. Il est dans sa main comme un jouet brillant et inoffensif. Du pouce, il bascule le verrou de sûreté. Il n'arrive plus à comprendre le mécanisme du percuteur, l'explosion. Il ne s'imagine pas du tout collant ce canon bleuté sur sa poitrine ou sur sa tempe. Non! De toute évidence, ce n'est pas ainsi que les choses doivent se passer.

Il remet l'arme dans sa poche, reprend place devant le bureau. Peut-être conviendrait-il d'écrire à Lucienne? Mais elle ne le croirait pas. Elle penserait qu'il ment. Que pense-t-elle de lui, au juste? Allons! A quoi bon se leurrer? Elle le considère comme un pauvre type. Ces choses-là, on les devine du premier coup. Elle ne le méprise pas, non. Quoique... Mais ce n'est pas du mépris. Elle le tient plutôt pour... Elle a utilisé un drôle de mot... Un aboulique Un bonhomme sans ressort, quoi! Et c'est bien ce qu'il est au fond. On a trop voulu, trop pensé à sa place. On a trop souvent disposé de lui sans le consulter. Mireille elle-même.. Un aboulique! Et cependant, Lucienne a toujours été attirée par... par quoi?... Il voyait bien qu'elle l'étudiait sans cesse, qu'elle cherchait à définir son caractère et, parfois, elle avait un mouvement de véritable tendresse. Ses yeux semblaient dire : courage! Ou bien, elle lui parlait gentiment de leur avenir, sans rien préciser, mais c'était malgré tout beaucoup plus qu'une promesse. Il est vrai qu'elle se montrait douce aussi avec Mireille. Et peut-être est-elle fraternelle avec toutes ses malades, quand elles vont mourir. Adieu, Lucienne!

D'un doigt distrait, il remue les papiers épars.

Et voici qu'il amène au jour d'autres photographies. Des photos de Mireille, prises avec le Kodak qu'il lui a offert, ma foi, quelques jours avant la typhoïde. Il y a aussi des photos de Lucienne, qui datent presque de la même époque. Il aligne les cartons glacés, déchiquetés sur les bords, les compare. Comme elle est fine, Mireille! Mince comme un garçonnet, attirante avec ses grands yeux candides, fixés sur l'objectif, mais qui regardent plus loin, beaucoup plus loin, au-delà de son épaule, à lui, comme s'il avait masqué, sans le vouloir, l'image du bonheur. Comme s'il s'était interposé maladroitement entre Mireille et quelque chose que Mireille attendait depuis très longtemps. Lucienne est telle qu'il l'a toujours vue. Stricte, impersonnelle, les épaules presque carrées, le menton un peu lourd, belle quand même, d'une espèce de beauté froide et dangereuse. Lui... non, il n'y a aucune photo de lui. Jamais Mireille n'a eu l'idée de prendre l'appareil pour le photographier. Lucienne non plus. Il retourne l'épaisse litière de feuilles, d'enveloppes. Il finit par trouver une photo d'identité, toute jaunie. Elle remonte au permis de conduire. Quel âge avait-il? Vingt et un, vingt-deux ans? Il n'était pas chauve, en ce temps-là. Son visage était maigre, avide et déçu à la fois. L'image est brouillée. Il ne reste de lui que ce vestige à demi effacé. Il rêve, devant les photos qui, ainsi rapprochées, contiennent une histoire que nul ne connaîtra jamais. Il doit être tard. Dix heures? Dix heures et demie? L'humidité du dehors filtre lentement à travers les murs trop minces. Il a froid. Il s'engourdit dans son fauteuil. Il n'a plus assez d'énergie pour conduire sa pensée. Il est comme saisi dans une gelée de silence et de lumière crue. Va-t-il s'endormir sur place? Mireille compte-t-elle profiter de son sommeil? Il écarquille désespérément les yeux, se relève en geignant. La pièce lui paraît insolite, irréelle. Il a dû dormir quelques secondes. Il ne faut pas dormir. A aucun prix. Traînant les pieds, il s'engage dans l'escalier, revient dans la cuisine. Le réveil marque dix heures moins dix. La fatigue, maintenant, s'abat sur Ravinel, le fait plier. Il y a des nuits et des nuits qu'il ne dort plus. Ses mains tremblent sans arrêt, comme celles des alcooliques, et il a soif, il est sec, aride, il se sent tout rabougri en dedans. Mais il renonce à chercher le sac de café, le moulin. Ce serait trop long. Simplement, il endosse son pardessus dont il relève le col. Avec sa barbe, ses savates, à quoi peut-il bien ressembler? Tout à l'heure, le gaz allumé, la table servie, tout lui a semblé fantastique et terrible. Maintenant, il a l'impression de marcher en songe dans une maison qui n'est plus tout à fait la sienne. Les rôles sont intervertis. C'est lui, le fantôme. C'est elle, la bien vivante, la bien portante. Il suffira qu'elle entre pour qu'il soit repoussé dans son néant.

Il marche autour de la table, de moins en moins vite. Il est tête nue, mais il semble qu'un chapeau trop étroit lui enserre le front. Enfin, épuisé, il éteint l'électricité au rez-de-chaussée et regagne le premier étage. Il fait également l'obscurité dans la chambre et se réfugie dans le bureau, dont il ferme la porte. Il ne descendra plus. Il n'aurait plus la force d'affronter les ténèbres de l'escalier et de la cuisine De toute façon, il entendra...

Le temps coule. Tassé dans son fauteuil, Ravinel cède peu à peu à une stupeur angoissée. Des souvenirs incohérents défilent sous ses paupières closes. Mais il ne dort pas. Il épie le silence, un silence énorme qui, par instants, se change en bourdonnement, en ronflement de coquillage. Il est seul, au centre d'un îlot de clarté, comme un naufragé. Il est un naufragé. Il va se noyer à son tour, descendre dans le monde blême, sournois, gluant des poissons. Un rêve maintes fois vécu. Il a rêvé aussi, bien souvent, qu'il était invisible, qu'il traversait les murs, qu'il voyait sans être vu. C'était même une manière d'échapper à la hantise des compositions, des examens. Il fondait sur place. On le croyait absent, mais il observait tout. C'est peut-être à son contact que Mireille a reçu le don d'être en plusieurs endroits à la fois...

On a remué.

Il s'arrache à la somnolence qui lui brûle les yeux, lui glace les mains et les pieds. Il tend le cou, se regonfle de substance, sent son épiderme, comme une pellicule dont il s'était momentanément retiré. Était-ce un bruit? Il a eu l'impression que cela venait du jardin. Du jardin, ou même du perron.

Un sifflet, au loin. Les trains recommencent à circuler. Le brouillard se dissipe, sans doute.

Cette fois, il entend. La porte vient de se refermer. Quelqu'un tâtonne. Le déclic du commutateur...

Il halète, doucement, comme un moribond. L'air siffle au fond de sa gorge, le déchire.

La porte de la cuisine est poussée, à son tour. Et soudain, s'élève le pas sautillant, saccadé, entravé par la jupe étroite du tailleur. C'est elle. Les talons martèlent le carrelage. Puis le bouton électrique claque, et il crispe douloureusement ses joues, comme si la lumière de la cuisine l'éblouissait. Un silence. Elle doit retirer son chapeau. Tout se passe comme à l'ordinaire, comme avant... Elle se dirige vers la salle à manger.

Il gémit, il étouffe, il se tord pour se mettre debout. Mireille!... Non. Elle va entrer... Il ne faut pas...

Le tisonnier vibre. Les bûches s'écroulent, puis des assiettes tintent. Un liquide emplit un verre. Les objets se mettent à parler, à remuer. Les souliers tombent l'un après l'autre. Les savates descendent de leur planche et font flip-flap à travers la cuisine, en direction de l'escalier. Flip sur la première marche, flap sur la seconde.

Il pleure, recroquevillé. Il ne pourra pas se dresser, marcher jusqu'à la porte pour tourner la clef. Il sait qu'il est vivant, qu'il est coupable, qu'il va mourir.

Flip sur la troisième, flap sur la suivante. Flip-flap, Flip-flap. Cela se rapproche, monte, monte jusqu'au palier. Il faut fuir, franchir la limite, crever la mince paroi de la vie. Il se fouille. Ses doigts s'énervent, s'affolent.

De l'autre côté du couloir, des pieds glissent sur le parquet de la chambre. Le lustre s'allume. Le bas de la porte du bureau s'éclaire. Elle est derrière, juste derrière, et pourtant, il ne peut y avoir quelqu'un derrière. A travers l'obstacle, ils s'écoutent, le vivant et le mort. Mais de quel côté est le vivant, de quel côté le mort?

Et puis, le bouton de la porte commence à tourner, lentement, et Ravinel se détend. Durant toute sa vie, il a attendu cette minute. Il doit maintenant redevenir une ombre. C'était trop difficile d'être un homme. Il ne veut plus savoir. Mireille elle-même ne l'intéresse plus. Il ferme sa bouche sur le canon du revolver pour boire la mort comme un philtre. Pour oublier. Il appuie très fort sur la détente

ÉPILOGUE

— Est-ce encore loin, Antibes? demanda la voyageuse.

— Cinq minutes, dit le contrôleur.

On ne voyait, au-delà des glaces rayées de pluie, que des lumières errantes et, de temps en temps, quand l'express longeait un talus, l'alignement tremblotant de ses wagons éclairés. On ne savait plus si la mer se trouvait à droite ou à gauche, si le train roulait vers l'Italie ou s'il revenait vers Marseille. Une averse brutale cingla les vitres.

— De la grêle, murmura quelqu'un. Je plains les touristes qui viennent sur la Côte, cette année.

Est-ce qu'il n'y avait pas quelque intention cachée, dans cette remarque? La voyageuse rouvrit les yeux, découvrit l'homme assis devant elle. Il la regardait. Elle enfonça davantage les mains dans les poches de son manteau, mais comment les empêcher de trembler? On devait s'apercevoir qu'elle avait la fièvre, qu'elle était malade, malade... Elle avait toujours su qu'elle tomberait malade, qu'elle n'aurait pas la force de tenir jusqu'au bout. Cet homme, assis en face d'elle depuis si longtemps... depuis Lyon ou Dijon... peut-être depuis Paris... Elle ne se rappelait plus...

Elle avait un mal infini à suivre ses idées... Mais elle était bien sûre d'une chose : c'est qu'il suffit de réfléchir une seconde pour comprendre qu'une femme qui tousse, qui grelotte de fièvre, a pris froid. Et si elle a pris froid, c'est qu'elle a été *mouillée*... A partir de là, le premier curieux venu pourrait comprendre tout le reste, jusqu'à la nuit passée sous la bâche... Il n'aurait pas fallu tomber malade. C'était bête. C'était injuste. Et c'était peut-être dangereux car il ne s'agissait plus, maintenant, d'un simple rhume mal soigné.

Elle toussa. Son dos était douloureux. Elle se souvint d'une ancienne camarade devenue tuberculeuse parce qu'elle avait pris froid, en sortant d'un bal. Tout le monde disait : « La pauvre petite! Quelle croix pour son mari! Ce n'est pas drôle, une femme toujours alitée... »

Le train martela des nœuds de rails et l'homme se leva. Il cligna de l'œil... Avait-il vraiment cligné de l'œil? Une poussière, peut-être, qu'il essayait de chasser?

— Antibes! murmura-t-il.

Le wagon glissait le long d'un quai couvert d'une matière rougeâtre. Fallait-il rester dans le train, attendre... « Ce n'est pas drôle, une femme toujours alitée. » Cette phrase allait devenir obsédante. Elle était déjà obsédante. Qui donc la récitait d'une voix si basse, si basse, si pleine d'appréhension? La voyageuse attrapa sa valise, perdit l'équilibre, se raccrocha au filet. Il valait mieux descendre, faire un dernier effort, lutter contre le vertige. Ah! Dormir! Dormir!..

La pluie était froide. Le trottoir s'allongeait, interminable, avec son ciment rouge. Combien de temps faudrait-il marcher pour atteindre la silhouette immobile, là-bas, et qui ne tendait même pas les bras?... L'homme avait disparu. Il n'y avait plus au monde que deux femmes, ce sol couleur de sang séché et la pluie qui luisait sur des rails. Encore dix mètres... Encore dix enjambées...

— Mireille!... Mais tu es malade!... Tu pleures?...

Lucienne est forte. On peut s'appuyer sur elle, se laisser conduire. Elle sait où il faut aller et ce qu'il faut faire. Oui, Mireille pleure... la fatigue, l'angoisse... Elle n'entend pas bien ce que dit Lucienne, à cause de ce bruit de vent.

— Tu m'écoutes?... demande Mireille. Est-ce qu'il nous suit?

Elle perd un peu la notion des choses mais elle a parfaitement conscience d'être palpée par une main nerveuse, soutenue par une poigne qui l'empêche de tomber.

— Aidez-moi... La portière...

C'est Lucienne qui vient de parler, et puis c'est le trou noir. Et pourtant Mireille comprend qu'on roule en taxi, ensuite qu'un ascenseur l'emporte. Il y a toujours ce bruit de vent qui couvre les paroles de Lucienne. Lucienne ne comprend pas que tout est perdu. Il faut lui expliquer, il faut...

— Ne t'agite pas, Mireille!

Mireille ne s'agite pas. Seulement elle sent qu'elle doit parler, qu'elle doit expliquer à Lucienne des choses d'une importance capitale. Cet homme...

— Couche-toi, ma chérie. Personne ne te suivait, je t'assure... Personne ne s'occupait de toi.

Le vent est moins fort. Et d'ailleurs, comment y aurait-il du vent dans cette chambre paisible, éclairée par une veilleuse? Lucienne prépare une seringue. Non! Surtout pas de seringue! Pas de piqûre! Mireille a déjà absorbé tant de drogues!

Lucienne rejette les draps. L'aiguille pénètre. A peine si l'on sent comme un pincement rapide. Les draps se referment. Ils sont frais et Mireille se souvient de la baignoire où elle a dû s'enfoncer, la première fois, quand Fernand la croyait endormie. Et puis, une seconde fois, quand Fernand la croyait noyée, morte depuis longtemps. Elle revoit tous les détails, soudain. Elle se tenait droite et raide. Elle avait peur... peur de paraître trop vivante. Mais Lucienne avait préparé la bâche... Fernand n'avait rien vu qu'un corps ruisselant qu'il fallait envelopper au plus vite. La nuit terrible avait commencé un peu plus tard... le froid, les crampes, et, pour finir, la glissade oblique dans la rivière, au lavoir, la poitrine qui se bloque, l'eau qui pénètre dans les narines... Aussitôt Fernand éloigné, il aurait fallu suivre les prescriptions de Lucienne, au lieu de remettre à plus tard... Mireille se jure qu'elle va être docile. Déjà, elle éprouve un sentiment de bien-être et de sécurité. Il lui semble que son front est moins brûlant. Si elle avait toujours obéi aux recommandations de Lucienne! . Est-ce que Lucienne ne sait pas, à chaque instant, d'une manière infaillible, ce qu'il convient de faire? N'avait-elle pas prévu, jusqu'au moindre geste, toutes les réactions de Fernand? Il *ne pouvait pas* s'attarder dans la salle de bains... il *ne pouvait pas* regarder une dernière fois celle qui était morte... il *ne pouvait pas* comprendre le mystère, même en raisonnant, surtout en raisonnant... Lucienne veillait, prête à intervenir, prête à remettre la fatalité dans le bon chemin. Et si, malgré tout, Fernand avait découvert... *Que ris-*

quaient-elles? C'était lui, l'assassin. Lucienne veille encore, ce soir. Elle se penche au-dessus du lit. Mireille ferme les yeux. Elle est bien. Pardon, Lucienne, de t'avoir désobéi... Pardon, Lucienne, d'avoir rendu visite à mon frère sans ta permission, au risque de tout compromettre... Pardon d'avoir douté de toi, quelquefois... Tu es dure, Lucienne. On ne sait jamais si tu agis par amour ou par intérêt...

— Tais-toi! murmure Lucienne.

Elle entend donc tout, même les pensées les plus secrètes, ou bien Mireille a-t-elle parlé à haute voix, dans l'engourdissement du sommeil imminent? Mireille rouvre les yeux. Elle aperçoit, tout contre son visage, la figure brouillée de Lucienne. Alors elle essaie de se ressaisir. Elle a oublié l'essentiel... Sa mission n'est pas encore remplie. Elle s'accroche aux draps, se soulève.

— Lucienne... j'ai tout remis en ordre là-bas... dans la salle à manger... dans la cuisine... Personne ne peut se douter que...

— Les billets où tu lui annonçais ton retour?

— Je les ai retirés de ses poches.

Jamais Lucienne ne saura ce que ce geste a coûté à Mireille. Il y avait du sang partout. Pauvre Fernand! Lucienne pose la main sur le front de Mireille.

— Dors... Ne pense plus à lui... Il était condamné. Un jour ou l'autre, il se serait évadé. Il ne pouvait plus vivre.

Comme elle est sûre d'elle! Mireille s'agite. Quelque chose la tourmente encore... Une idée un peu floue... Elle s'endort mais, en un dernier effort de lucidité, elle a le temps de penser : « Puisqu'il n'a rien soupçonné! Puisqu'il n'a jamais repensé à la première police d'assurance, celle qu'il avait souscrite à mon profit, pour m'amener à signer l'autre... » Ses paupières retombent; sa respiration s'apaise. Elle ignorera toujours qu'elle a été frôlée par le remords.

... Maintenant, il y a du soleil. Maintenant, la vie recommence après des heures et des heures d'inconscience. Mireille tourne la tête, à droite, à gauche. Elle est très fatiguée, mais elle sourit parce qu'elle voit un palmier dans un jardin, un gros palmier au tronc couvert d'une filasse noirâtre. Il agite, sur les rideaux, un éventail d'ombres. Ses feuilles craquent doucement. Il donne une impression de luxe. Mireille ne retrouve plus ses soucis de la veille. Elle est riche. Elles sont riches. La compagnie d'assurances ne soulèvera aucune difficulté. Le délai de deux ans, prévu pour le suicide, n'a-t-il pas été respecté? Tout est parfaitement en règle. Il n'y a plus qu'à guérir.

Une phrase bourdonne soudain dans la tête de Mireille. « Ce n'est pas drôle, une femme toujours alitée. » Un peu de rose lui monte aux joues. Non! Ce n'est pas drôle, pour personne. Mais elle ne sera pas toujours alitée. Lucienne doit connaître des remèdes efficaces. C'est son métier. Elle revoit, malgré elle, la maison du quai de la Fosse et Fernand soulevant la carafe... « Ce n'est pas drôle, une femme toujours alitée... » Il y a une carafe sur la table de nuit. Mireille la contemple. La carafe s'irise de feux délicats, comme ces boules de cristal où les voyants aperçoivent les contours de l'avenir. Mireille ne sait pas lire l'avenir dans le cristal, frissonne et, quand la porte s'ouvre, elle détourne vite les yeux, comme prise en faute.

— Bonjour, Mireille... Bien dormi?

Lucienne est habillée de noir. Elle sourit, s'approche de son pas d'homme, bien frappé. Elle prend le poignet de Mireille.

— Qu'est-ce que j'ai? chuchote Mireille.

Lucienne la regarde profondément, comme si elle mesurait ses chances de vivre ou de mourir. Elle se tait.

— C'est grave?

L'artère bat sous les doigts qui encerclent le poignet.

— Ce sera long, soupire enfin Lucienne.

— Dis-moi ce que c'est?

— Chut!

Lucienne prend la carafe, l'emporte pour renouveler l'eau. Mireille se dresse sur les coudes, tend son petit visage attentif vers la porte entrouverte, qui découvre la tapisserie claire du vestibule. Elle suit, aux bruits, tous les gestes de Lucienne. Le dernier glouglou dans l'évier, la légère modulation du jet dans le cristal, dont le son change brusquement, lorsque l'eau atteint le goulot. Faut-il si longtemps pour emplir une carafe? Elle crie, avec un rire forcé qui s'achève en quinte de toux :

— C'est égal! Il a fallu que j'aie une rude confiance en toi... Car enfin, jusqu'à la dernière seconde, tu avais le choix.

Lucienne tourne le robinet, essuie lentement la carafe au torchon accroché au mur. Elle murmure, entre ses dents, très bas :

— Qui te dit que je n'ai pas hésité?

DES MÊMES AUTEURS

COLLECTION FOLIO POLICIER

Dernières parutions

*Impression Bussière
à Saint-Amand (Cher),
le 15 décembre 2005.
Dépôt légal : décembre 2005.
1ᵉʳ dépôt légal dans la collection : septembre 1999.
Numéro d'imprimeur : 054679/1.*

ISBN 2-07-041024-2./Imprimé en France.
Précédemment publié aux Éditions Denoël.
ISBN 2-207-20035-3.

142083